# Sprazzi di follia

Terza edizione: febbraio 2011



Distribuito da: Lulu.com

ISBN: 9781446193761

*Ai miei due amori*

# *Indice*

# Prefazione

di Antonio Zocchi

Quando Nicola mi ha chiesto di scrivere alcune righe di introduzione per la sua prima raccolta di racconti, ne sono rimasto lusingato e molto sorpreso. Sarò in grado, mi sono detto... Ma sì, i suoi racconti sono sprazzi, raggi, fendenti che ti rapiscono nell'attenzione richiedendoti di terminarli al più presto. Sono tutti penetranti e portano con loro un messaggio di speranza e cambiamento. Ho visto nelle loro righe, e ne parlo come se fossero cose vive e a sé stanti, a volte la delicatezza e a volte la ricerca di uno stato d'animo di completezza e quiete che si può avere solo con la maturità. Infatti, qualsiasi forma d'arte, un racconto, una poesia, un quadro, una scultura, una volta uscite dalle mani e dall'ingegno del loro creatore devono assumere una propria fisionomia e una consistenza, una propria vita. Di questo ci si accorge in questi racconti e così dovrebbe essere il processo mentale per ogni altra fruizione d'arte.

Alcuni racconti iniziano con un apparente smarrimento della via, del senso dell'orientamento; il lettore, nel proseguire il viaggio, troverà poi la strada. Sta nell'abilità dell'autore accompagnare e fare scoprire bivi nuovi a chi legge, a chi con curiosità guarda, e in questo Nicola Arcangeli ci riesce molto bene.

Un racconto è un intreccio tra reale e irreale, rimane al lettore l'enigma del finale.

Infine vorrei riportare alcuni stralci della conclusione, per me significativi, del racconto più lungo della raccolta "Il cerchio": - Piccole e grandi storie, inizi e conclusioni, è il destino che ci porta a ballare questo valzer...- e poi ancora -..., le nostre vite, le nostre essenze,... pronte a stupirci con traiettorie sempre nuove...-. E' questa la vita, un insieme di situazioni apparentemente casuali e frutto di scelte che nel complesso chiamiamo esistenza.

Non posso fare altro, a questo punto, che augurarvi buon viaggio!

# La storia dell'Alpen Thedy

Sotto i miei passi posso sentire chiaramente il rumore della neve fresca mentre viene calpestata dalle scarpe, attorno a me non c'è null'altro che il silenzio. In questa stagione infatti nessun turista viene da queste parti e tutti gli abitanti, quando nevica con tale intensità, si rifugiano nelle loro case al calore dei camini e delle stufe. Io invece preferisco uscire proprio in queste circostanze. Venire qua è stata una mia scelta; sono nato in città e ho sempre vissuto in luoghi affollati mal sopportandoli, perciò credo che sia nata da questo la mia voglia di cercare rifugio qui sulle montagne, ad oltre 1600 metri.

Passo dopo passo inizio a percepire un altro rumore: è la fontana pochi metri più in là, leggermente spostata sulla destra, dalla quale sgorga acqua gelata anche in estate. L'acqua esce poderosa nonostante qui fuori ci siano almeno sette gradi sotto zero e, quasi a sfidare le leggi della fisica, il ghiaccio se ne riesce ad impadronire solo quando, in alcune notti invernali, la temperatura scende di un'altra quindicina di gradi, dando al getto congelato la parvenza di una scultura astratta.

Avvicinandomi alla fonte decido di bere un sorso, così mi chino e appena la mia bocca viene a contatto con lo zampillo, provo dapprima un brivido superficiale alle labbra, poi una sensazione di forte anestesia alle gengive. Rimango un attimo stordito e solo dopo una decina di secondi mi riprendo ritornando sulla via verso casa.

Osservando per terra non vedo più le mie orme, la neve le ha rapite nel suo frenetico incedere, restano solo modesti avvallamenti sul manto che possono far credere che di lì qualcuno sia passato, ma appena giungo al termine di tale pensiero, anche questa considerazione non è più veritiera, ora tutto è bianco, quasi senza dimensioni, il rumore della fontana si fa sempre più ovattato fino a perdersi nella quiete del luogo.

È ormai da dodici anni che con moglie e figli abito qui, tutte le persone del luogo mi hanno accolto a braccia aperte. Alcuni già mi conoscevano perché per anni avevo scelto questo tranquillo borgo con i suoi imponenti monti, come meta per le mie vacanze. Le lunghe passeggiate, le escursioni e lo sci mi avevano fatto innamorare del posto e quando mi si presentò l'occasione di venire a lavorare presso l'amministrazione comunale di questo paesino, la colsi al volo, anche perché pure mia moglie e i nostri due bambini erano entusiasti del cambiamento che ci si prospettava dinnanzi.

Proseguendo nella passeggiata in mezzo alla neve, la noto cadere sempre più insistente. Tuttavia avverto una sensazione di placido e avvolgente tepore, come fossi avvolto in una soffice e calda coperta di lana. Dopo alcuni passi mi ritrovo a un trivio: la strada principale continua sulla destra, verso l'ultimo paesino prima degli sconfinati boschi della zona. A sinistra c'è la strada secondaria che porta nel cuore del borgo dove abito, mentre centralmente vi è un grosso viale che, contornato da enormi abeti, porta all'Alpen Thedy.

L'Alpen è, o meglio era, un albergo. Nato alla fine del 1800, aveva conosciuto il suo massimo splendore negli anni '20 ed era restato un punto di riferimento per tutta la nobiltà che trascorreva le proprie vacanze in montagna, fino ai primi anni sessanta. Tuttavia iniziò la sua parabola discendente da quando, il 31 dicembre del 1963, durante una notte di intensa nevicata, accadde la disgrazia di cui nessuno in paese vuole parlare. Da quel momento in poi i clienti più in vista scelsero altre località, essendo l'Alpen Thedy unico nel suo genere in questa zona montana. Alle prime seguirono altre defezioni, che anno dopo anno portarono alla chiusura dello stabile, avvenuta nel 1984, dopo il suicidio del direttore, afflitto da una montagna di debiti.

Anche il paese dove abito ha seguito, a suo modo, questa parabola; non che sia caduto in disgrazia, ma in passato era molto più rinomato; le piste di sci che portavano vicini alle vette del Monte Rosa erano conosciute da tutti, inoltre si dice che negli anni cinquanta-sessanta vi fosse un progetto per organizzare i mondiali di sci alpino. E sarebbe potuto andare in porto, se solo non ci fossero state pochi anni prima le Olimpiadi a Cortina e se solo non fosse successo quello che era accaduto durante quella festa di Capodanno nel salone da ballo dell'Alpen.

Oggi gli albergatori fanno buoni affari, le piste sono sempre belle e per gli sciatori non mancano itinerari speciali, sia per lo sci alpino che per il fondo. Il fermento di quegli anni però, almeno a sentire gli anziani, non c'è più: se n'è andato lentamente, ma inesorabilmente, come gli abitanti del posto, che quarant'anni fa erano più di tremila ed oggi sono, siamo, poco più di cinquecento.

Oramai è quel momento della giornata in cui le tenebre prendono gradualmente il posto della luce, i primi lampioni si accendono, anche se il chiarore del paesaggio innevato trasmette la sensazione che il buio oggi debba fare più fatica del solito per arrivare fin qui. Tutte le volte che giungo a questo trivio prendo la strada a sinistra e torno a casa per giocare con i miei ragazzi e per stare insieme alla mia amata moglie.

Entrambi abbiamo quasi cinquant'anni, non siamo più giovani come una ventina di anni fa, ma la sera, dopocena, quando alla luce del camino ascoltiamo un po' di musica, nel guardarla vedo in lei la stessa ragazza di cui mi sono innamorato. È in queste occasioni che mi rendo conto che dalla vita ho avuto tutto quello che potevo sperare, forse anche qualcosa di più. Inoltre da un paio d'anni pure i nostri genitori sono venuti ad abitare qui vicino, nel paese più a valle, dove una persona anziana può sicuramente essere più a proprio agio per la presenza di un piccolo ospedale, più negozi e un clima più dolce. Mio fratello (il precursore di questo trasferimento di massa) e la sua famiglia invece vivono da quindici anni in una casa all'inizio della zona boschiva, proprio dove la strada finisce e diventa un sentiero sterrato. Spesso ci troviamo tutti assieme nei fine settimana, mangiamo insieme, chiacchieriamo e giochiamo a carte o con vecchi giochi di società; per me non c'è nulla che si avvicini alla perfezione come questi momenti passati con i miei cari.

Oggi invece sono fermo davanti alla diramazione. Non so da quanto tempo sono qui immobile, ma la neve che mi sta entrando nel collo e le scarpe sparite sotto la bianca coltre mi fanno pensare che per almeno dieci minuti sia restato impalato, quasi ipnotizzato in questa posizione. Riprendo subito a camminare, ma non so perché le mie gambe non vanno verso sinistra, cioè verso casa, ma in direzione del grande viale dell'Alpen Thedy. Appena imboccato il vialone mi accorgo di quanto sia buio, non solo perché non ci sono più lampioni, ma anche perché i grossi abeti che costeggiano la strada impediscono alla poca luce rimasta di filtrare. Per terra il manto di neve è di appena pochi centimetri, gli alberi se la sono presa quasi tutta, la neve, ma questa sembra diversa da quella che mi sono lasciato indietro prima di imboccare il viale; è pressoché impalpabile. Solo le nuvole filtrano sotto le conifere rendendo la fine della via alberata un autentico mistero.

Passo dopo passo l'Alpen Thedy prende forma davanti a me, così austero e decadente. L'ho visto tante altre volte, ma oggi sembra diverso, come se fosse sofferente e ancor più vecchio. Le finestre appaiono in gran parte danneggiate e gli scuri sono di un verde marcio appassito dal tempo e dal disuso. La lunga gradinata di marmo che porta all'ingresso è semicoperta dalla neve, così inizio a percorrerla tenendomi saldo alla ringhiera di pesantissima ghisa tedesca: non intendo certo fare la fine della vecchia Carla che fu trovata riversa sul vialetto sottostante con il collo spezzato dopo esserne caduta. Mentre sto salendo mi balena un particolare in mente: la signora Carla odiava quel posto, ne aveva paura... chissà perché si era avventurata su questa lunga scalinata. Magari per lo stesso motivo che ha spinto me qui adesso, apparentemente nessun motivo.

Sono ormai arrivato a pochi gradini dall'entrata, è quasi buio e l'atmosfera intorno a me sembra irreale, anche il rumore del silenzio non c'è più, la neve continua a cadere sempre più fitta. Dopo essermi fermato un attimo mi volto per andarmene, ma la scalinata non è più lì; c'è solo una lunga e sconnessa rampa innevata.

Ora sento un rumore, è il mio cuore. Sta battendo velocemente, talmente rapido che mi ricorda un locomotore a carbone, ho paura. Improvvisamente un suono sordo mi entra nel cervello, poi un altro, quasi perdo l'equilibrio, poi un altro ancora, ancora, ancora, ancora... aggrappato alla ringhiera mi volto sulla sinistra, da dove sono appena venuti quei rintocchi; laggiù, perso tra le nuvole c'è il campanile della chiesa. Respiro agitato e vedendo l'alito uscirmi in maniera così prorompente mi accorgo di ansimare come quegli orsi polari che, immersi in paesaggi artici, sbuffano come pentole in ebollizione.

La condensa si perde subito nell'aria greve che mi circonda... sono le sei, è l'ora in cui di solito sono a casa. Adesso però sono qui, come la signora Carla e come altri prima di lei e, non so perché, ma ho la sensazione che forse non vedrò più la mia famiglia. Sento le lacrime scendermi lungo il viso... cosa diavolo sono venuto a fare qui? Continuo a camminare verso la porta d'ingresso, ancora due passi: uno e due. Eccomi giunto, ormai l'eco dei rintocchi è sparita, il cuore è tornato calmo, sono arrivato. Guardando il vecchio termometro accanto al portone d'entrata, lo scorgo segnare dieci gradi sotto lo zero.

Sento immediatamente il bisogno di un po' di calore: fa troppo freddo, devo tornare a casa, o magari cercare riparo nell'albergo, maledizione! Scrutando la facciata dell'hotel mi sembra di vedere una luce tenue provenire da una stanza al primo piano, ma forse è solo un riflesso... poi d'un tratto mi pare di udire giocose grida di bambini: 'Tana libera tutti' 'Nooo, non vale' 'Sì che vale'; sento i toni di voce farsi stizziti, poi rabbiosi, 'No' 'Sì', poi 'Nooooooooo' spaventoso. Mi giro ancora in cerca di non so che cosa, ma intorno a me non c'è nessuno, solo fiocchi di neve volteggianti nell'aria e un indecifrabile biancore.

Senza preavviso percepisco un tonfo sommesso, un altro, tanti altri, ma non riesco a capire cosa siano, sembrano colpi di martello... ma qui intorno non c'è nessuno. Un ultimo forte rumore sordo riecheggia nell'ambiente, poi il nulla, solo un silenzio sempre più cupo e malevolo.

Inaspettatamente avverto un cigolio davanti a me ed in effetti vedo la porta aprirsi lentamente, per non più di qualche centimetro. Dall'interno giunge una luce fioca e al tempo stesso rassicurante, insieme ad essa sento una gradevolissima musica in sottofondo; com'è possibile? Devo entrare, devo vedere!

Tiro il portone verso di me e senza farmi altre domande decido di entrare, lentamente. Dalla reception, sulla destra, vedo provenire la luce di una lampada, così mi avvicino e finalmente inizio a sentire un po' di caldo, un po' di tepore... sul bancone c'è un registro aperto con appoggiata sopra una penna d'oro. Guardando intorno vedo molte fotografie appese alle pareti, tutte di almeno cinquant'anni fa, ma alcune anche molto più datate; non c'è un granello di polvere sui mobili, è tutto perfettamente in ordine, come se l'albergo non avesse mai chiuso, come se non fosse mai declinato, come se fossimo ancora nel 1963.

Mi avvicino al bancone sentendo i miei passi scricchiolare sul pavimento di legno, a destra della reception c'è il salone da ballo, vuoto... ma la musica che sento da dove proviene? Sulla sinistra ci sono le scale che portano alle stanze e solo ora mi rendo conto che, pur essendo passato vicino all'hotel in numerose occasioni, di giorno e di sera, questa è la prima volta che vi entro; tutt'al più avevo visto da fuori, attraverso le finestre, i soffitti a cassettoni delle stanze che danno sul retro, ma mai mi ero spinto qui dentro.

Quattro anni fa due ragazzi furono trovati morti proprio qua, dove sono adesso; erano villeggianti, soggiornavano alla pensione 'La Marmotta' a pochi metri da casa mia. Non era ancora dicembre e nevicava come poche altre volte in passato. Il giorno della partenza i due non si presentarono per saldare il conto e la titolare andò su tutte le furie, ma già poche ore dopo alla rabbia era subentrato lo sconcerto, infatti tutti i vestiti e i bagagli dei ragazzi erano ancora nella stanza. La polizia, assistita dai volontari del posto, tra i quali c'eravamo anche io e mio fratello, trovò i corpi all'imbrunire, nudi, riversi su questo pavimento, con dei cappi legati al collo e gli inequivocabili segni di un'impiccagione nella trave sopra la mia testa.

Don Alfonso, il vecchio parroco, ripeteva sempre che questo posto era maledetto, si era battuto perché fosse raso al suolo costruendo al suo posto una scuola, ma la sua lotta non portò alcun risultato; la sovrintendenza aveva decretato quell'immobile di interesse storico-artistico, quindi doveva restare così com'era. Alfonso accettò suo malgrado quella decisione, ma cercò sempre di tenere in guardia i fedeli, tutti i cittadini e i villeggianti dall'avvicinarsi all'Alpen. Sei anni fa scomparve improvvisamente, se ne persero le tracce all'indomani di una bufera simile a questa. Aveva lasciato tutti i suoi effetti personali nella residenza accanto alla vecchia chiesa, come se non dovesse mai andarsene. In molti qui pensammo che una disgrazia, o in ogni caso qualcosa di brutto, fosse accaduta, ma non si scoprì nulla.

Il mio nome! Non è possibile, è uno scherzo, deve essere uno scherzo. Sul registro della reception c'è il mio nome, appena dopo quello della signora Carla, dopo quello dei due villeggianti... dopo quello di Don Alfonso. Ho un brutto presagio; sento che sto per morire, non so come, ma morirò, ne sono certo. Chinando la testa mi metto a piangere come mai mi era capitato, nemmeno da bambino, ad occhi chiusi. Sento le lacrime cadere copiose sui fogli del registro. Cosa succederà a mia moglie, ai miei figli e ai miei familiari? Non li ho nemmeno salutati! Mi troveranno? Come mi troveranno? No, non posso, non devo morire, devo andarmene... ma improvvisamente sento la musica aumentare di volume e diventare 'viva'.

Rialzo la testa incuriosito, ma subito mi blocco, il concierge mi sorride e mi dà il benvenuto... attorno a me è uno sfavillio di luci, mi sento come drogato, sono in un sogno o cosa? Ad ogni modo adesso non ho più la preoccupazione di morire; ne ho la certezza, ma non sono angustiato, ho già iniziato il viaggio.

"Un tempo da lupi" dice l'uomo sorridendomi, "la stavamo aspettando signore."

Mi sento tranquillo, "Certo, è da tanto che non nevica così."

"Ecco le sue chiavi, può firmare qui, accanto al nome."

A pensarci bene non mi piace l'idea di firmare un registro in cui le uniche firme che vedo appartengono a persone trapassate o sparite nel nulla, ma dopo tale esitazione, quasi sognante, prendo la penna e firmo. O meglio, ci provo "Deve essere finito l'inchiostro, maledizione!"

"Non si preoccupi signore, è questione di tempo, solo questione di tempo" ribatte il concierge, poi in tono quasi profetico "firmerà più tardi!"

Sentendo queste parole inizio nuovamente a sentirmi inquieto.

"Comunque è appena in tempo per la festa, la mezzanotte sta arrivando."

La mezzanotte? Mi volto verso sinistra, il calendario segna 31 Dicembre 1963, dovrei provare terrore, ma non trovo la forza nemmeno per questo, mi sento come uno spettatore al cinema, non posso cambiare nulla, posso solo calarmi nella parte. "Grazie Goffredo, bicchieri di champagne e danze fino al mattino, è questo che ci vuole !"

Un momento, ma come faccio a conoscere il nome di quest'uomo?

"Certamente signore, le metto la giacca nel guardaroba, prego."

Tolto il giaccone, lo consegno al concierge, poi mi avvicino al salone delle feste che pullula di persone elegantissime in abito da sera. Se potessi dare un'immagine al divertimento snob fotograferei subito l'ambiente. Uomini in frac, dame vestite come principesse, musica di gran classe in sala, tutto ciò mi fa sentire a mio agio, c'è un clima molto piacevole. Nella mia vita non sono mai stato in posti così lussuosi e non ho mai partecipato a feste così esclusive, ed ora che ci sono, anche se non so esattamente come, mi sento elettrizzato. Un cameriere, poco più di un ragazzino, si avvicina; ha un vassoio con una decina di calici di champagne, data la circostanza ne prendo subito uno ringraziandolo. Per qualche istante fisso le bollicine nascere dal fondo del flute e volteggiare fino a morire in superficie, poi lo avvicino alla bocca per bere. Penso alla fontana dove prima avevo bevuto quel sorso di acqua gelida; là fuori c'è un mondo che va avanti, dove magari mi stanno cercando, ma io sono qui, è la notte del Capodanno del 1964, forse se uscissi dall'albergo adesso, mi ritroverei in questa epoca, non nel presente... ossia, nel futuro.

Poco importa, mi dico, così inizio a bere lo champagne che mi scorre dapprima nel palato, poi giù lungo l'esofago... ma non è buono, anzi, sembra troppo forte, invecchiato male, come l'albergo. Com'era buona l'acqua della fontana, com'era viva. Voltandomi intorno, vedo tutti quanti divertirsi, parlare amabilmente, bere e danzare. Una signora passandomi vicino, mi rivolge un sorriso scoprendo denti orrendi, più simili a quelli di una mummia mal conservata che a quelli di una nobildonna... più la guardo più mi sembra un demone. Inizio a sentire lo stomaco inveire per quella 'robaccia' ingurgitata poc'anzi. E' meglio tornare sui miei passi, devo uscire, devo tornare a casa, a qualunque costo: la mia vita è là. Così mi avvicino alla reception, ma non c'è nessuno, allora provo a prendere il giaccone, purtroppo però la stanza del guardaroba è chiusa a chiave, provo allora a forzarla, ma senza risultati; le porte sono mastodontiche e io non mi sento bene. Avverto un senso di vertigine, la vista per un po' mi si annebbia, mi sale dallo stomaco il sapore sgradevole dello champagne appena bevuto, ho la nausea.

Un urlo.

Lungo, dilaniante, come una coltellata inflitta nella schiena. Riacquisto un po' di forze e di lucidità. E' una donna, sento provenire dalle scale un rumore di passi verso la hall, si avvicinano, sempre di più, vedo comparire di corsa una cameriera, sta gridando, ha i palmi delle mani in vista, sono completamente sporchi di sangue. Mi passa davanti ignorandomi e corre verso la sala, sento scattare l'orologio, lo guardo, mancano quattro minuti alla mezzanotte, la musica cessa. Nel salone ora si sente solo un debole brusio, le facce dei presenti sono dapprima sorprese, poi sconcertate, sento la poveretta sbraitare disperata tra mille singhiozzi, "Li ha uccisi tutti."

Un signore distinto, il gestore dell'albergo credo, avendolo visto ritratto in diverse fotografie appese all'ingresso, le si avvicina e cerca di calmarla, ma senza apprezzabili risultati; la donna sembra sconvolta, in questo momento ho la netta sensazione di vivere un film, mi limito a guardare, il mio interesse è alto, ma non mi sento lì con loro e di ciò sono contento.

"Ha ucciso tutti i bambini, proprio tutti" ripete la donna, inizio così a sentire le disperate urla di panico di alcuni dei presenti.

"Come? Ma se giocavano a nascondino? No, Umberto, non può averlo fatto, non ha mai fatto male ad una mosca" sospira affannato l'anziano proprietario, con la fronte madida di sudore, mentre in sala una giovane ospite perde i sensi.

Ora inizio a collegare! Il 31 dicembre del 1963, ossia adesso, la disgrazia coinvolse il figlio del proprietario, Umberto. Il ragazzo era un po' ritardato... e fu trovato morto allo scadere della mezzanott...

Mezzanotte. I rintocchi dell'orologio nel salone avvertono che il nuovo anno è arrivato, dal soffitto della sala da ballo un grosso pallone riempito di festoni esplode spandendo i coriandoli dappertutto, ma nessuno sta festeggiando. Contemporaneamente si sente vibrare un rumore forte e secco. Dalle travi del soffitto vedo penzolare impiccato ad una corda un fantoccio... no non è un fantoccio, è un corpo, è Umberto.

Urla e grida provengono da ogni dove, tutti i presenti sono sconvolti, nemmeno io posso sottrarmi a tale sgomento. Sento un brivido di terrore partirmi dall'osso sacro e prendermi fino alla cervice... la storia raccontata in paese non parlava di un suicidio, bensì di una disgrazia, ma evidentemente non fu così. E dei bambini morti non si è mai saputo nulla!

La donna di servizio, disperata si avvicina concitata verso le scale, "Mio Dio, venite a vedere, vi prego!!!" geme. Una dozzina di clienti sale le scale, io automaticamente mi accodo al gruppo. Salendo vedo sul muro l'impronta insanguinata di un palmo di mano, forse della stessa donna, poi ne vedo altre e arrivato al piano mi inginocchio, non è possibile; ora capisco cos'erano quelle grida che avevo sentito prima... quei rumori... mio Signore che massacro!

Tanti corpicini sono appesi alle porte delle stanze con dei picchetti conficcati nelle gole dei bambini, i loro intestini escono dal ventre, legati gli uni con gli altri come macabri festoni. Ci sono anche deliranti scritte inneggianti al nuovo anno dipinte con il sangue. Sento i genitori piangere, alcuni cascano vicino a me, svenuti, scioccati. Io stesso, che fino a pochi istanti fa ero stato uno spettatore, mi sento svenire, inizio a vomitare, ma non sono l'unico. Per qualche istante sento singhiozzi, pianti, scene di disperazione, persone in preda a crisi e a conati, e io tra loro.

"E lei chi è, cosa ci fa qui?" sento d'un tratto domandarmi con rabbia da un padre dei bambini.

Lo guardo sconvolto, ma non rispondo subito... "Ero alla festa" abbozzo esitante. Vedo tutti i presenti fissarmi, inizio a sentirmi smarrito; letteralmente terrorizzato.

"E' tutta colpa sua, non è uno di noi, è colpa sua!" sento dire con ferocia dal proprietario. L'istinto mi spinge a voltarmi indietro per scendere le scale, ma appena giratomi resto impalato; sotto la rampa di scale vedo con espressione terrea, indifferente e abulica, Don Alfonso, la signora Carla e i due villeggianti.

Non posso stare fermo, così inizio a scendere le scale di corsa, i quattro 'morti' mi fanno passare, mentre tutti gli altri mi inseguono... sono ormai arrivato alla reception, il concierge è al suo posto, mi guarda e, mostrandomi un ghigno di denti marci, simili a sassolini di un fiume inquinato, mi urla: "Deve firmare, deve firmare!" poi tenendo la penna in mano come il trapano di un dentista, "Clienti come lei non sono all'altezza di questo posto."

Non sento più caldo né freddo, l'unica cosa che voglio è scappare, uscire da qui, tornare alla mia vita, ma forse è troppo tardi. Mi avvicino al portone, e loro a me, lo apro a fatica, voltandomi indietro vedo Don Alfonso lottare per impedire ai genitori dei bambini di raggiungermi, sento di dovergli essere grato. Esco dalla porta e solo ora mi accorgo di non avere il giaccone, ma poco importa. Inizio a scendere la lunga scalinata, vedo la neve che continua a cadere incessante davanti a me, sopra di me, sono salv...

Il piede sinistro scivola sui gradini innevati, perdo l'equilibrio, cadendo, inizio a ruzzolare per le scale, il mondo mi gira intorno in un vortice infinito. Per un attimo vedo il portone dell'albergo aperto, con le braccia delle persone protese per afferrarmi e riportarmi là dentro, per sempre.

La signora Carla! Penso a lei, è morta così, cadendo dalla scalinata.

Sento le ossa sbattere, farmi male, sto rotolando contro gli scalini, ruzzolo giù. Penso alla mia famiglia, addio miei cari, vi ho voluto bene, non posso perdonarmi di non avervi nemmeno salutato, di non avervi dato un bacio, di non avervi detto che vi amo, continuo a cadere e... basta.

E' tutto finito; sono disteso sulla neve ai piedi della scalinata. Sono morto. O no? Posso vedere l'albergo sopra di me, lo vedo cadente, quasi implodere come una zucca marcita. I fiocchi di neve che mi cadono sul viso sono sempre meno, sempre meno, fino a cessare.

In cielo scorgo la luna fare capolino tra le nubi, vedo le prime stelle, ormai non nevica più, è come un incantesimo: cessata la nevicata, finito il sortilegio. Non sono in paradiso, né all'inferno, sono qui, al mio paese. La condensa dell'alito mi dice che respiro e subito il pensiero va a quella penna che non ha funzionato... magari se avessi firmato, ora sarei lì dentro, nella più assoluta perdizione, e il mio corpo sarebbe qui, ma senza vita. Tutto ciò mi fa ridere sguaiatamente. Ce l'ho fatta, ce l'ho fatta!!! Mi viene da girare il viso verso l'albergo, per un attimo credo di sentire ancora le grida e i pianti feroci dei genitori di quei bambini, ma forse è solo un'eco imprigionata nella mente.

Non so cosa mi sia esattamente capitato questa sera, tuttavia posso dire che d'ora in poi, quando vedrò questa neve cadere, me ne starò al nostro focolare; la guarderò scendere attraverso i vetri delle finestre, ma non mi avvicinerò mai più all'Alpen Thedy.

# A Clara

Col respiro affannato e con passo incerto Clara avanzava lungo il sentiero, immerso nella nebbia. La pendenza non era esagerata, ma la salita, passo dopo passo si faceva sentire sempre più. Inoltre con quell'incidente al femore subito due anni prima, la gamba operata le doleva ad ogni passo e il non vedere la fine di quel piccolo viottolo di montagna le metteva una certa preoccupazione. Non si ricordava esattamente come fosse capitata lì; ricordava solo che erano già una ventina di minuti (almeno lei credeva) che passeggiava con fatica e il paesaggio attorno a lei non era mutato ancora. Si potevano vedere solo pochi metri in avanti, mentre ai lati del sentiero un sottile lembo di erba precedeva grosse conifere che avvolgevano assieme alla nebbia quel posto, facendolo diventare quasi indefinito.

"Ma dove mi trovo e dove sono gli altri?" si domandò con un filo di voce. Si guardò attorno, si voltò indietro, ma non vide nulla di quello che sperava poter vedere. Solo il grigio della nebbia, il marrone spento del sentiero e il verde sfumato dell'erba e degli alberi che circondavano ogni cosa attorno a lei.

Tornando a guardare in avanti notò che il grigiore si faceva leggermente più chiaro; magari il tempo stava cambiando, e salendo ancora un po' chissà che il sole non sarebbe riuscito a fare capolino tra l'ovatta creata dalla fitta nebbia. Appena finito quel pensiero riprese a camminare. Quel tenue chiarore l'aveva un po' rinfrancata, anche il dolore alla gamba era meno presente e i passi, leggermente più veloci dei precedenti, si susseguirono sempre più celermente. Dopo un paio di minuti condotti ad andatura sempre più spedita e sicura il paesaggio iniziò ad acquisire una fisionomia diversa. Il sole iniziava a dare segno della propria presenza, lo si poteva vedere chiaramente tra la nebbia con le sembianze di una grossa palla bianca, quella visione diede a Clara un ulteriore impulso tanto che a quel punto lei stava quasi correndo verso quella luce così chiara. In pochi istanti iniziò a vedere squarci d'azzurro tra la nebbia e la luce del sole, sempre più impetuosa illuminò ogni cosa attorno a lei con quel contrasto tipico tra luce e ombra che solo una giornata serena riesce a regalare.

Era arrivata al sole, tutto era cambiato, il paesaggio aveva assunto un aspetto definito. Quanti dettagli poteva vedere, i singoli steli d'erba che crescevano attorno al sentiero, i picchi sugli alberi, la fontana in lontananza, sulla destra, proprio alla fine del sentiero col suo getto d'acqua armonioso. Non ricordava più da quanto tempo i suoi occhi non avevano visto con quella perfezione le cose che la circondavano, aveva ormai fatto l'abitudine a vedere oggetti sfuocati, ad avvicinare un libro fino a pochi centimetri da sé per decifrarne il contenuto e a riconoscere con certezza le persone solo dopo averle sentite parlare. Ma in quel momento ci vedeva benissimo, le gambe non le facevano alcun dolore e il respiro era profondo e regolare, quasi fosse a riposo.

Aguzzando la vista riuscì a scorgere in lontananza una persona seduta su un grosso ceppo di legno, proprio in riva a un laghetto alpino.

"Allora qualcuno c'è quassù" si disse Clara, avvicinandosi a quella persona. Ad un certo punto rallentò e quasi si fermò, inclinando il capo per squadrare meglio quella persona. Era un uomo, e lei era convinta di aver ben presente chi potesse essere, ma sapeva che quella visione non poteva essere reale. Si avvicinò ancora, e si fermò di nuovo.

L'uomo le dava le spalle, non poteva vederla, ma lei nell'osservarlo tirare i sassi sull'acqua per farli rimbalzare non aveva più dubbi. "Vittorio?" chiese con aria interrogativa.

Egli si voltò e restò un attimo sorpreso, poi le sorrise "Clara!" e poi continuò "Finalmente, ti stavo aspettando."

Clara compì gli ultimi passi che la separavano da suo marito, e lo guardò con stupore e incredulità "Ma tu sei..."

"Morto, vuoi dire? Che brutta parola, io non mi definirei così" rispose lui, poi continuò "Sai, pensavo ci avresti messo di meno a raggiungermi."

Clara quasi lo colpì con una manata alla spalla e gli disse "Ma cosa credi, come ti permetti!" poi continuando "Credevi che tutto iniziasse e finisse con te? Avevo ancora i nostri figli, e i nipoti..."

Vittorio la ascoltava in silenzio.

"... sai che in questi anni, anche se da sola, non mi sono proprio annoiata."

Vittorio la osservò con aria sorniona ed esclamò "Ah!"

"Eh già, sono stati dieci anni lunghi, pieni di cose belle e brutte. Ho visto i nostri figli avere i primi acciacchi della vecchiaia, ho visto i miei, di acciacchi, moltiplicarsi..." Clara stava cercando di elencare qualche cosa grande accaduta nei dieci anni vissuti senza suo marito, ma al momento era sopraffatta dall'emozione, poi ebbe un bagliore negli occhi "Ho visto i nostri nipoti laurearsi, beh, veramente per Stefano ero bloccata per colpa di quella caduta dal letto... ed anche sono stata ai matrimoni di Michele e di Anna."

"La nostra topina?" chiese lui in maniera retorica, quasi sorridendo.

"Certo" ribatté lei, "sono stati due matrimoni bellissimi, non so se in quegli istanti fossero più emozionati loro o non lo fossi io. Ecco, vedi Vittorio, in questi anni ne sono successe di cose, e ho vissuto delle emozioni che valeva la pena vivere, anche se mi avrebbe fatto piacere viverle insieme a te, ma tu non hai potuto."

"Dici, Clara?" Lei lo osservò spaesata. Poi lui continuò, "In realtà c'ero entrambe le volte, e c'ero anche alla laurea di Stefano, se è per questo... Ero proprio vicino a lui mentre veniva interrogato... mamma santa se era bravo! E tornando ai matrimoni ricordo ancora al matrimonio di Michele e Laura l'intermezzo col violino; mi aveva quasi commosso."

Clara era incredula e sorpresa, piacevolmente sorpresa.

"Quanto al matrimonio di Anna e Giacomo... beh, ero proprio all'altare mentre si scambiavano le promesse nuziali. Sapessi quanto ero vicino, potevo vedere lei che suggeriva a suo marito le parole da pronunciare!"

"Allora ci sei sempre stato..." abbozzò Clara.

"Sì, c'ero anche quando ti rompesti il femore... sapessi che rabbia non poter far niente per aiutarti, però c'era il nostro Maurizio, è stato magnifico, vero? E poi, il ricovero, la rieducazione, ci sono sempre stato, certo, non potevo aiutarti di persona, ma Giuseppe, Giovanna, tutti quanti erano lì, e questo mi ha anche un po' attenuato il senso di colpa."

"Per non esserci stato, vero disgraziato?" disse sorridendo Clara.

"No, per essere il responsabile della tua caduta."

Clara restò interdetta "Cosa?"

"Stavi dormendo, eri in quella fase magica tra la veglia e il sonno profondo che rende possibile il parlare tra chi c'è e chi c'era..."

"Sarebbe a dire?"

"Stavamo parlando, io e te, come ai vecchi tempi, sai? Io sono sempre restato a fianco a te, ogni notte da quando ti ho lasciato e anche quella volta, ormai era mattino ero accanto a te, e tu, ad un certo punto mi hai risposto... sai non capitava spesso."

Clara era sorpresa, ma anche rincuorata da quella notizia, tanto che ritrovò la sua ironia graffiante "Beh, e te la prendi con me se non capitava spesso, mica sono una medium... e poi se non ti fossi fatto investire..." A quelle parole lei si intristì di colpo, le tornò alla mente quando fu avvertita della tragedia, i medici che subito non le lasciarono speranze, e poi il funerale, la sepoltura le tante messe recitate a suo suffragio. Iniziarono a comparire delle lacrime sul suo viso.

"Ma che fai, piangi? No, non devi, non adesso almeno, ora siamo qui, di nuovo insieme, quello che è stato è stato, e non sai quanto sia stato male all'idea di averti lasciata da sola così presto. Ho anche pianto, ma non ci potevo fare nulla, se solo avessi saputo che quel giorno mi sarebbe successo tutto ciò, ti avrei stretta forte forte prima di partire e ti avrei dato un ultimo lungo bacio."

A questo punto anche Vittorio si mise a piangere, ma Clara prese in mano la situazione, e con le lacrime agli occhi disse "Allora fallo adesso sciocco! Cosa aspetti, abbracciami." I due si abbracciarono e si baciarono dolcemente accarezzandosi i capelli. Dopo lunghissimi attimi di complicità e di serenità Clara chiese "E i ragazzi, potrò ancora vederli da qui?"

"Certo cara, potrai sempre farlo, nei momenti in cui pregano, nei momenti in cui i loro cuori pensano a te, sarà come essere con loro, te lo garantisco. E ti garantisco un'altra cosa, capiterà più spesso di quanto tu possa sperare."

"Beh, questo mi basta" disse Clara con sollievo, poi "però non ci tengo particolarmente a guardarli mentre si fanno la doccia."

Vittorio rise di gusto "Sai, mi mancava il tuo umorismo... mi mancavi tu."

"E adesso cosa facciamo qua io e te?" domandò lei.

"Tu ed io? No, no Clara, non è proprio così, qua abbiamo un lavoro da portare avanti..." ed indicò in lontananza verso una baita, "lo vedi? Questo è il nostro rifugio alpino, in questo periodo l'ho gestito aspettando un aiuto cuoco perché i clienti aumentano!"

"Beh, e io sarei l'aiuto cuoco... bell'ingrato, e chi sarà mai lo chef, Vissani, quello che va sempre in tivù?"

"No" replicò lui, "è una persona di tua conoscenza, sai, è un cuoco italiano che si è perfezionato lontano da casa, in America."

Gli occhi di lei brillarono "Joe?"

"Joe, tuo fratello" confermò, "proprio lui, sta cucinando per il parentado, ma da solo non ce la fa proprio, ci vuole un aiuto cuoco, non credi Clara?"

"Sarò onorata di essere aiuto cuoco ad una condizione" disse lei.

"Quale?"

"Ogni tanto i tortellini, le lasagne, la gallina ripiena e altre cosine buone fateli fare anche a me!"

"Accordato" sentenziò scherzosamente Vittorio, "e ora, gambe in spalla!"

"Vittorio, senti che odore! Mi è venuta fame, andiamo pure, non vedo l'ora di assaggiare dopo tanto tempo la cucina di mio fratello."

Abbracciandosi, marito e moglie finalmente insieme, si diressero verso la baita andando incontro al loro futuro.

# Per un bicchiere di Bonarda

Non ero mai stato un grande bevitore; né di vino, né di birra, tantomeno di superalcolici. Al massimo, se proprio mi costringevano, potevo bere un bicchiere di vino, o una birra piccola, ma aldilà di quelle modeste quantità tendevo a considerare l'atto del bere più un torto che facevo a me stesso piuttosto che un piacere per i miei sensi.

Quello che mi successe una sera di non molto tempo fa, però, resta un mistero, ancora adesso non me ne so fare una ragione. So solo che mi sentivo imbarazzato per la figura che dovevo aver fatto al ristorante di fronte a circa un centinaio di persone. Tuttavia la persona che avevo mortificato maggiormente era colei che invece mi stava più a cuore: non deve essere stato particolarmente edificante portare a braccia un uomo di oltre 75 chili fuori dal locale dove era svenuto, caricarlo in macchina, riaccompagnarlo in casa, svestirlo, mettergli il pigiama e rimboccargli le coperte, per poi andarsene.

La cosa che proprio non capisco è come io, pur in preda ai fumi dell'alcol, avessi potuto dimenticare tutto, ma proprio tutto di quello che era successo la sera prima, appena dopo aver sorseggiato quel bicchiere di bonarda. Il nostro primo appuntamento, insomma, era stato un disastro totale ed ero convinto che lei non avrebbe voluto più saperne di me, tuttavia non l'avrei biasimata; avevo fatto la figura del deficiente.

Pochi minuti prima di rivederla, come ogni giorno, sedersi alla scrivania di fronte alla mia, mi pervase una sensazione di malessere quasi fisico, sentii lo stomaco aggrovigliarsi e mi chiesi cosa avrei avuto il coraggio di dirle e la decenza di non chiederle.

"Buongiorno Marco."

Eccola lì, davanti a me, apparentemente non sembrava furente, anzi, più che altro imbarazzata, come lo ero io, ma come darle torto?

"Ciao Eva." Avrei voluto dirle qualcosa, chiederle scusa, ma proprio non ce la feci.

La mattinata passò con pochissime parole scambiate, più che altro questioni di lavoro, e gli sguardi che, appena si incrociavano, andavano a precipitare sul pavimento.

A metà giornata trovai il coraggio "Eva, volevo chiederti scusa per ieri, davvero, non mi capacito di come sia potuto accadere."

"Marco" mi interruppe, "sono io che devo scusarmi, è la prima volta che mi sono trovata in una situazione simile."

"Temo proprio di sì… comunque rinnovo le mie scuse."

"Ma Marco, non..."

"Eva" questa volta la interruppi io "sono stato un cretino, non ci sono altre parole per definirmi."

Eva si rabbuiò e si fece più pensierosa di quanto non fosse prima. Pensai subito che a volte le parole fossero solo in grado di generare nuove incomprensioni, in più ciò che era successo la sera prima non aveva bisogno di parole, bisognava solo avere fede nel silenzio e al limite, con un eccesso di ottimismo, nel perdono.

Per il resto della giornata ci fu solo silenzio, così un paio d'ore prima della fine dell'orario, sentendomi sempre più a disagio, uscii dall'ufficio per fare ritorno a casa, nella mia piccola, fredda e vuota casa.

Andando a letto pensai, sperai, che una notte di sonno sarebbe servita a riappacificarmi quantomeno con me stesso. Dissi le preghiere quella notte; non capita quasi mai.

Non fu una notte facile, una marea di sogni si accavallarono nella mia mente, segmenti frammentati si alternavano a risvegli faticosi per bere un po' d'acqua. La gola secca mi faceva un male cane e il sollievo dell'acqua era solo effimero e forse non poteva nemmeno definirsi tale.

Sognai che ero con Eva al ristorante, con quel bicchiere di vino davanti a me, poi la mia mente andò repentina al funerale di mia madre, tre anni fa. Beh, anche quello fu un giorno veramente brutto. Sognai anche quando, da bambino, il fornaio mi aveva scoperto rubare delle pagnotte con mio cugino. Insomma, tutti sogni orrendi, o meglio, tutte realtà orrende, che in qualche modo, non so per quale ragione, stavo rivivendo.

Alle 6.30 'Good Vibrations' dei Beach Boys mise fine a questo supplizio. Mi alzai a fatica, mi provai anche la temperatura, ma 36,5 non può esser certo definita in alcuna parte del pianeta febbre, così, con ancor maggiore fatica, mi vestii per andare a lavorare.

Sull'autobus altri flash mi accecavano la mente. Eva di fronte a me, al ristorante.

Bevvi il vino, parlammo, parlammo per tutta sera. Ma era mai successo???

In questi sprazzi di follia e ricordi mi vedevo con lei, per strada, era molto tardi, ed eravamo davanti al suo portone di casa. Noi che salivamo le scale.

Come venivano, questi flash, inaspettatamente svanivano.

Ma che cazzo era successo quella sera? Mi ero ubriacato? Non ne ero così sicuro e a quel punto il dubbio iniziava a farsi strada dentro me. Tuttavia, ogni domanda, apriva la strada a tante altre domande, mentre le risposte, purtroppo, non arrivavano.

Arrivato in ufficio molto prima di quando sarebbe dovuta arrivare Eva, mi preparai mentalmente al suo arrivo. Le avrei chiesto, con molto tatto, se mi poteva raccontare cosa fosse effettivamente successo e se per caso, magari inconsapevolmente avessimo preso o ingerito delle strane sostanze.

Tuttavia, quel giorno Eva non arrivò.

Restai tutta la mattina con lo sguardo fisso verso la sua scrivania. Provai a chiamarla, ma non ottenni risposta. Più passavano le ore, più l'inquietudine aumentava. Non riuscivo a pensare ad altro che a lei. Come mai non ero in grado di rintracciarla?

Nel pomeriggio provai di nuovo sul cellulare, tremavo a tal punto che sbagliai pure a digitare il numero "TIM: il numero selezionato è inesistente" disse la voce registrata e odiosamente metallica.

Allora selezionai il numero dalla segreteria. Un secondo, due, tre, cinque "TIM: il numero selezionato è inesistente."

INESISTENTE???

Com'era possibile? Tutte quelle telefonate, quelle allusioni scherzose, quei sorrisi, quelle palpitazioni, quelle frasi a doppio senso, erano state tutto tranne che inesistenti.

Per il secondo giorno consecutivo, uscii prima dall'ufficio.

E per la seconda notte consecutiva feci dei sogni, ed ebbi dei veri e propri incubi, in rapida e scomposta successione, dei frammenti segmentati.

Eva, io e lei in una spiaggia deserta. Una sensazione di calma e placidità estrema, l'aria ci avvolgeva in una brezza tiepida e imbonitrice. Il sole accarezzava i nostri corpi in riva al mare, un mare di un turchese chiaro, che in lontananza diventava sempre più azzurro e sempre più profondo. Eravamo sposati, almeno credo, visto che portavamo due fedi identiche all'anulare della mano sinistra, mamma mia che sogno!

Poi sognai un funerale, il funerale di mia madre pensai. Ma ben presto mi resi conto che le facce non erano le stesse. Era il funerale di Eva! Mi avvicinai alla bara, lei era lì, pallida, dimagrita, quasi irriconoscibile. Ricordo le sensazioni provate ancora adesso, e quando ci penso, ancora mi vengono i brividi. Una sensazione di perdita, di impotenza e di smarrimento che oggi occupa ancora i miei pensieri di uomo cosciente.

Mi svegliai urlando e piangendo. E solo dopo qualche interminabile secondo, mi resi conto che era solo un sogno. A quel punto scoppiai a ridere sguaiatamente!

L'indomani mattina mi recai sempre più faticosamente a lavorare.

Eva non si vide nemmeno quel giorno.

A metà mattinata andai dal capo, mi sedetti alla sua scrivania e gli domandai: "Capo, sa quando torna Eva? E' in malattia?"

Maurizio, così si chiama il mio capo, mi guardò intensamente. "Vuoi una giornata libera?"

"Perché?" gli chiesi.

"Dai, vai a casa, oggi faccio portare via la scrivania dall'ufficio, avrei dovuto farlo già tre mesi fa, mi dispiace Marco."

Non ebbi nemmeno la forza di obiettare.

E ora sono qua, incapace di distinguere quello che è vero da quello che vero non è. Incapace di vivere il reale, di determinare dove inizia il sogno e dove comincia la vita. Ho solo il ricordo di questo vino che mi scende in gola, poi i miei universi si sfilacciano, si intrecciano, e poi collidono e si riassorbono.

Pareti bianche e imbottite, vedo solo questo, ogni giorno, ogni giorno.

Sul mio anulare sinistro vedo ancora il segno di un anello che tempo fa portavo... ma non ricordo nulla di preciso, e una vita che non ricordo, forse, vale meno di un sogno che ricordo.

# Con la morte nel cuore

Ad Anna non sembrava vero; aveva passato una notte indimenticabile, tra lenzuola di seta color amaranto, abbracciata al suo uomo, quell'uomo che per anni aveva visto come irraggiungibile, eppure, forse proprio per questo, desiderato con tutte le sue forze. L'aveva visto in passato così forte, statuario, ma anche così fragile, quasi piegato dal dolore.

Mentre riponeva la camicia sulla stampella poteva sentire il rumore del getto della doccia provenire dal bagno. Sorrise nuovamente. Marco e lei insieme, finalmente, dopo tanto tempo, dopo tanta sofferenza. Il bene una volta tanto aveva vinto e il finale della favola non sarebbe stato amaro, come troppe volte accade nella realtà, ma felice e spensierato.

Marco era rimasto vedovo poco più di tre anni prima quando sua moglie Miriam, incinta, era morta di parto, cercando di dare alla luce il loro bimbo. Il piccolo Gabriele era nato prematuro, appena a metà del sesto mese e visse solo per quattordici minuti, senza nemmeno avere la forza di fiatare: solo un sogno lungo quasi un quarto d'ora e poi più niente.

La gravidanza era stata molto serena, non c'erano mai state avvisaglie di problemi di gestazione. Non un giorno di nausee mattutine, nulla che lasciasse presagire un epilogo così drammatico, ma il destino era stato più forte della logica e della vita stessa.

Per lui fu uno shock; il lavoro in quei giorni lo aveva portato fuori città, lontano da sua moglie, lontano dal loro bambino. Quando in piena notte, mentre dormiva nella sua camera d'albergo, fu svegliato dalla suoneria del cellulare aveva subito intuito che qualcosa di grave stava accadendo.

Miriam aveva un filo di voce, stava talmente male che non riusciva nemmeno ad urlare dal dolore, solo un disperato, sofferente sussurro che implorava aiuto per lei e il loro piccolo.

Marco subito aveva chiamato il 118 avvertendo che sua moglie stava molto male, ma i soccorsi, per quanto celeri e professionali, non poterono evitare ciò che il destino aveva in serbo per loro.

Quando dopo tre ore, con le lacrime agli occhi, l'uomo arrivò all'ospedale in cui avevano ricoverato sua moglie, trovò immediatamente il dottore nel corridoio, con il camice verde sporco di sangue, una quantità inimmaginabile di sangue che lo faceva sembrare un macellaio piuttosto che un chirurgo. Marco capì subito che Miriam non c'era più, si sentì venir meno. Subito un portantino e l'ostetrica lo afferrarono impedendogli di cadere a peso morto sul pavimento. C'era ancora il bambino, era vivo. Con la disperazione nel cuore l'uomo fu portato all'incubatrice, il piccolo Gabriele era lì, non ancora formato, troppo piccolo per sopravvivere. Lo vedeva muovere lentamente le braccia e le gambe, così minute che non pareva nemmeno possibile che un essere umano potesse sopravvivere in quello stato. I medici lo avevano già avvertito che c'erano pochissime speranze che il piccolo sopravvivesse; l'illusione infatti risultò sfuggente come il battito d'ali di una farfalla e il piccolo Gabriele smise di muoversi dopo pochi minuti. Marco avrebbe voluto dirgli che lo amava, anche se per così pochi istanti erano stati insieme, avrebbe voluto dirgli quali erano i suoi sogni per lui, quando nelle settimane precedenti, toccando il pancione di Miriam fantasticavano su come sarebbe stato il loro piccolo. Magari sarebbe stato un artista, oppure una persona pratica, o perché no, uno scienziato, l'importante era che fosse felice e sano: quello contava più di ogni altra cosa.

Invece ci fu solo la morte intorno a Marco.

Riprendersi fu durissimo, ma Anna stette accanto al marito della sua migliore amica Miriam e, nonostante la fatica nel gestire pietà e compassione con un antico sentimento di amore e desiderio, la giovane donna riuscì praticamente da sola a far ritornare il sorriso a Marco, giorno dopo giorno, lentamente.

Anna guardò nuovamente il telefono sul comodino, quello stesso telefono usato da Miriam per chiedere aiuto mentre stava per morire. Il sorriso lasciò spazio ad un velo di tristezza. Era passato così tanto tempo ormai, però la presenza della defunta Miriam aveva aleggiato sempre sul loro nuovo amore, fino alla notte appena trascorsa.

Marco entrò in camera e notò l'espressione pensierosa di Anna. Le si avvicino, l'abbracciò e le chiese preoccupato se ci fossero dei problemi. Lei dapprima non rispose, singhiozzò solamente stringendolo forte a sé.

"E' strano" disse la donna, "mi sento così felice e allo stesso tempo così infinitamente triste, mi sembra di profanare il ricordo di Miriam, riporre i miei vestiti nei suoi cassetti, condividere con te quello che un tempo era il vostro letto, è difficile da spiegare."

Marco continuò ad abbracciarla, piangendo. In quel pianto, silenzioso, senza parole, c'era il ricordo del passato, un passato che, per quanto lo avesse messo alla prova, non poteva essere cancellato, non doveva essere cancellato. Non c'era però solo tristezza, c'era anche riconoscenza e amore per quella donna che da tre anni ormai era stata la sua ancora di salvezza.

"Ti amo" le disse.

Si guardarono fissi negli occhi e diventarono un tutt'uno.

Marco e Anna erano pronti a guardare avanti, insieme ce l'avrebbero fatta.

# Sinfonia a Dio

L'ultima volta era stata come le altre, forse ancora peggio; a dire la verità non riuscivo più a ricordare l'ultima occasione in cui mi ero veramente emozionato. Da anni ormai il canovaccio era lo stesso, un tempo lo facevo fino a tre volte ogni settimana, poi sempre meno, due volte, una volta, poi una settimana sì e una no, poi solo una volta al mese, fino a fermarmi quasi del tutto.

All'inizio, quando tutto cominciò, le emozioni si inseguivano nella mia testa e nel mio cuore in un vortice impazzito di parole, di suoni e di colori, ogni giorno passavo ore e ore crogiolandomi in mille pensieri, volavo letteralmente a due metri da terra. In ogni cosa che la natura mi metteva davanti vedevo la vita, la bellezza esplodere, il miracolo della creazione ed assistevo al magico effetto che avevano su di me.

Dapprima iniziai scrivendo poesie; una quantità industriale di poesie d'amore, praticamente per ogni ragazza che incontravo e che scambiava con me anche solo due parole o, più semplicemente, uno sguardo. In quei fugaci momenti mi sentivo penetrato dalla loro essenza, potevo avvertirla palpabile dentro di me e spesso avevo l'insana consapevolezza che ciò che io scrivevo non erano altro che le loro emozioni, che in me avevano trovato un vettore per essere espresse.

Dopo poche settimane iniziai ad avvertire il bisogno di musicare ogni parola da me scritta. Nella mia mente infatti le poesie che avevo scritto non erano più tali, ma erano dei testi da cantare, per raccontare attraverso la melodia, la bellezza e l'immanenza delle sensazioni che sentivo entrare in me. Su suggerimento dell'allora mio migliore amico Tony imparammo a suonare uno strumento: lui la chitarra, io il pianoforte. Nel volgere di un paio di mesi avevamo anche imparato a comporre decentemente e, assoldata una terza persona destinata alle percussioni, ci buttammo nella mischia, un po' per incoscienza, ma soprattutto per condividere tutte quelle emozioni che mi accompagnavano in ogni momento della mia vita.

Iniziammo di fronte a poche persone, ma non importava, che fossero quattro o quattromila per me non avrebbe potuto significare di meno; l'importante era che qualcuno volesse restare lì, per ascoltare ciò che avevo da dire e da raccontare. Esibizione dopo esibizione, da poche unità, gli spettatori diventarono sempre più numerosi, e sempre più partecipi. Capii che stava accadendo qualcosa di importante quando, una sera, arrivando al 'Club 39' (un locale in cui si faceva musica dal vivo), Pierre, il gestore, mi accolse con in mano un blocchetto di biglietti completamente esaurito dicendomi "E' da questa mattina che sono passati a prenderli, questa sera abbiamo già riempito il locale! Duecento paganti! Di Martedì!!!"

Fu lì, su quel piccolo palco, che il mio sogno iniziò a concretizzarsi: vedevo ragazzi e ragazze cantare le canzoni insieme a noi, alcuni di loro con i visi rigati dalle lacrime ma felici di poter essere lì a vivere quelle emozioni. Piansi anch'io, in diverse fasi del nostro concerto. Provavo un tumulto di sensazioni che era impossibile contenere dietro alla semplice felicità. Finita la serata ero a pezzi, senza la forza nemmeno di guidare. Chiamai un taxi. La macchina l'avrei recuperata il mattino seguente.

Quella notte sognai.

Sognai cose bellissime, provai emozioni nuove e stupefacenti. La mia anima era dissociata dal corpo e volava su terre mai viste prima, su orizzonti sconosciuti, fino ad arrivare a persone mai incontrate, entità con le quali in quei sogni entravo in contatto, diventando qualcosa di nuovo, un diverso spettro di sensazioni, una fusione di anime.

Da quella notte iniziò un crescendo esaltante: in poco tempo i nostri concerti erano diventati un evento da condividere per tutti i giovani e non della zona. Le locations erano sempre più spaziose, il pubblico sempre più partecipe ed emozionato e le nostre canzoni erano sempre più belle.

Presto però tutto iniziò a guastarsi. Come nell'universo, a zone in continua espansione iniziarono ad affiancarsi aree di regressione. Firmammo un contratto per una casa discografica e finalmente incidemmo i nostri pezzi. Il nostro manager (imposto dalla casa discografica) ci obbligò ad ampliare il gruppo con l'innesto di un bassista e di una seconda chitarra (il figlio dello stesso manager). Iniziammo a viaggiare in tutto il paese e la tournée fu un successo clamoroso. Però mi stavo accorgendo che le situazioni non erano più quelle semplici e spontanee degli inizi; iniziavo ad assistere a tensioni nel gruppo, incomprensioni con il management e con i discografici, competizioni tra di noi sia per la musica che per le donne. La composizione era diventata sempre più ricercata e difficoltosa, ma soprattutto era divenuta artefatta e insincera.

Lentamente, smisi di sognare.

Tutto continuò frenetico e caotico per altri due anni, però assumendo caratteri sempre più esasperati. Non c'era più emozione in quello che facevamo, c'erano solo rabbia e stress per come eravamo stati spremuti. I soldi erano arrivati, ma non così tanti come ci avevano raccontato. Nulla mi rendeva più felice.

L'ultimo concerto del gruppo lo ricordo come se fosse accaduto ieri. Per la prima volta eravamo in uno stadio, di fronte a noi c'erano cinquantamila persone. Al pomeriggio avevamo litigato furiosamente tra di noi e con il nostro manager; la casa discografica voleva un nuovo album, ma io già da un pezzo non componevo più. Avevo passato i miei ultimi otto mesi a saltare da un letto all'altro, in compagnia di donne, droghe e alcol. Suonavo senza passione e anche le performance dal vivo erano peggiorate in maniera evidente. Ritornando a quella sera, eravamo in quattro: il manager e suo figlio li avevamo licenziati, io e Tony eravamo quasi ubriachi, mentre Michael (batteria) e Ivan (basso) fatti di non so che cosa. Non so come facemmo a tenere botta per due ore. So solo che a fine concerto il pubblico era parecchio calato, vedevo spazi vuoti dove prima c'erano state persone assiepate, sentivo applausi, vedevo volti sorridenti, ma udivo anche fischi di disapprovazione. Salutai il pubblico alzando i pugni verso il cielo con i medi ben distesi e iniziò il pandemonio, sul palco arrivò di tutto, seggiole, rubinetti, anche un paio di coltelli. Mentre ci dirigevamo verso i camerini imprecando l'uno con l'altro, la prima cosa che mi venne in mente fu quella di spaccare il basso in testa a Tony. Non so ancora perché lo feci, sta di fatto che in quell'attimo il gruppo finì di agonizzare e io persi il mio migliore amico.

Tutto era finito.

Da lì in poi ci fu solo frustrazione, delusione e disillusione. Le giornate iniziarono a susseguirsi le une uguali alle altre, monotone, grigie e piatte.

Iniziai a suonare da solo, voce e pianoforte. Assistetti alla progressiva diminuzione degli spettatori, sempre più freddi e distanti da me. Ero solo. E restai solo. Nessuno più si sognava di pagare per ascoltarmi; ero diventato uno strimpellatore da piano bar e quasi per vergogna, progressivamente, smisi anche di eseguire i miei pezzi.

Come l'altra sera, l'ultima volta.

A fine serata mi avevano lanciato sul palco anche uno scopino per cessi. Ma ormai per me nulla contava, era da tempo che le emozioni e la vita mi avevano di fatto abbandonato. Andai a dormire, sperando di non svegliarmi più.

Invece quanto accadde quella notte fu una rivelazione. Non avrei mai potuto prevederlo, fui colto da brividi lungo la schiena: in quelle ore di sonno agitato ricominciai a vivere, tornai a provare sensazioni sopite da troppi anni, sentii nuovamente la musica penetrarmi nelle ossa, mi ritrovai pervaso da un'emozione indescrivibile tanto che al risveglio mi accorsi di essere sudato fradicio e di avere urinato nel sonno.

Però quel sogno era così vivido in me... ricordavo ogni dettaglio di ogni viso che avevo fissato, di ogni posto che avevo sorvolato, di ogni nota che avevo udito. Almeno così credevo. Iniziai subito a scrivere sullo spartito quelle note che nel sonno mi avevano riportato in vita, provai e riprovai, e dopo qualche ora avevo un brano musicale di una bellezza unica, anche se ancora non ero riuscito a riprodurne fedelmente tutte le sfaccettature. Avevo circa tre settimane prima della mia successiva serata (in un locale molto fuori moda della periferia est) e volevo con tutte le forze arrivare a quel giorno con questo nuovo pezzo completo in ogni suo aspetto.

La notte successiva sognai nuovamente, la stessa musica, le sensazioni sempre più amplificate. Volavo sopra prati verdi, mari azzurri, campi coltivati, gialle onde di spighe di grano scosse dal vento con quella melodia che mi accompagnava. Ad un tratto mi sentii prendere la mano: "E' la sinfonia a Dio" mi disse una ragazza bellissima intrecciando le sue dita alle mie, "è la sinfonia a Dio."

Quando mi risvegliai non potei fare a meno di sorridere, avevo anche il titolo: Sinfonia a Dio.

In quelle tre settimane scarse che mi restavano, continuai a scrivere, e a cestinare spartiti musicali, tutto era 'quasi' perfetto, ma non era perfetto, c'era sempre qualcosa che non tornava. Era come se ciò che avevo sentito nei miei sogni fosse irriproducibile sulla carta, quasi come se esistesse una nota misteriosa, sconosciuta a tutti, che solo in paradiso avremmo potuto sentire.

Arrivò il giorno della mia esibizione, ero nervosissimo, teso come non mai. Mi rendevo conto che questa mia occasione di rinascita (professionale, ma anche spirituale) era qualcosa che non potevo permettermi di sprecare. Iniziavo a temere che nonostante avessi ripreso a sognare, nulla sarebbe mai stato più esattamente come prima, avevo però la speranza che non fosse poi troppo diverso.

Mi impegnai al massimo, non toccai nemmeno un bicchiere di vino, e diedi del mio meglio quella sera. Nonostante ciò il pubblico (se così si può definire un variegato gruppo di persone disinteressate ad ogni cosa, a parte bere birra) sembrava non accorgersi nemmeno della mia presenza. Alla fine partii col nuovo pezzo e, lentamente, ciò che avevo sperato accadde: il brusio cessò e nella sala, attorno alla melodia del pianoforte, calò il silenzio, un silenzio intenso, testimone di una partecipazione emotiva crescente da parte di tutti. Dopo cinque minuti di esibizione, anche la musica finì, restò solo il nulla. Non si sentivano nemmeno i respiri, tutti noi eravamo restati in apnea al termine del pezzo.

"Bravo" disse a voce bassa un cliente con una pinta di birra in mano, seguirono altri complimenti da parte di diversi avventori. Poi un applauso, gradualmente sempre più convinto e fragoroso. Ero tornato! Però non bastava, sapevo di poter fare di più, volevo entrare nella storia.

Uscendo dal locale mi sentivo rinato, così corsi verso la macchina per tornarmene a casa, aprii lo sportello e…

"Complimenti davvero" mi disse una voce femminile alle mie spalle. Mi voltai e vidi qualcosa che non mi sarei mai aspettato di vedere. Era lei, la ragazza del sogno, quella che mi aveva suggerito il titolo del brano. Ma com'era possibile? Era vera!

"Grazie mille" risposi. Dovevo averla vista lì in giro in una delle serate che avevo fatto in passato, e chissà come, mi era restata impressa nel subconscio. Beh, a dire la verità potevo ben capire come mai mi fosse restata nel subconscio, era di una bellezza sconcertante, da togliere il fiato, "è un pezzo nuovo che sto ultim…"

"La sinfonia a Dio" mi interruppe lei, "lo so bene."

La guardai disorientato "Ma come? Ma chi sei?" le domandai.

"Ti manca poco, stai arrivando a compimento e io ti aiuterò."

Stavo per chiederle ulteriori spiegazioni, ma improvvisamente fui distratto da un miagolio aggressivo proveniente dalla mia sinistra. Mi voltai subito, e vidi un gatto nero che quasi mi pareva dire 'Vattene o ti attacco!'. Rimasi per un attimo interdetto, però fu proprio girandomi verso l'ostile felino che mi accorsi di un'automobile impazzita diretta troppo velocemente verso di noi. La strada era stretta e istintivamente mi appoggiai radente alla mia macchina seguendo con lo sguardo quella vettura senza controllo sfrecciare di fronte a me fin quasi a sfiorarmi.

L'auto passò in un lampo, chiusi gli occhi dalla paura e non appena li riaprii, vidi che la ragazza era sparita. Attonito, mi guardai intorno per un paio di minuti e, a parte il gatto che in fretta era sparito nelle tenebre, ero solo, insieme alla notte, in quella fredda strada di periferia, un po' troppo stretta per andare veloci ma un po' troppo dritta per farti andare piano. Tornai a casa, scosso ma vivo, terribilmente vivo.

Nei giorni a seguire scrissi altri pezzi, belli, non c'è dubbio, ma l'incompiuta restava lei, la Sinfonia a Dio che non riuscivo a realizzare nella sua interezza. Era quasi come non dire Amen alla fine di una preghiera. Dovevo ultimarla, dovevo darle un senso compiuto, altrimenti sarebbe restata sempre un qualcosa di grezzo, di non comunicabile agli altri. Nelle settimane seguenti non la cantai, un po' per pudore, ma probabilmente anche per una sorta di nevrosi che mi stava lentamente attanagliando. O il pezzo era perfetto, oppure tanto valeva tenerlo in un cassetto.

Una sera, dopo un mio spettacolo (con duecento spettatori almeno), ritornando all'auto, trovai un foglietto di carta ripiegato sotto il tergicristallo. Lo aprii e lo lessi.

*Domani, Fisherman road, 7 - ore 15.00, la sinfonia si compirà.*

Non avevo bisogno di sapere chi me l'avesse lasciato, l'unica persona che sapesse della sinfonia era lei. Vera o immaginaria che fosse quella ragazza, solo lei poteva sapere. Probabilmente, mi dissi, sarei riuscito non solo a completare la sinfonia, ma forse sarei definitivamente uscito alla luce del sole, lasciandomi alle spalle quel lungo, tenebroso, angusto tunnel nel quale ero entrato da un po' di anni.

Appena arrivato a casa accesi il computer e cercai l'indirizzo; si trattava di una zona all'estrema periferia nord della città, una strada in mezzo al nulla, probabilmente era una zona rurale, perché non aveva nemmeno la fisionomia di un complesso industriale. Andai a dormire, quella notte non sognai niente, ma dormii così bene che il mattino dopo ero un leone. Era il mio giorno, avrei dato un significato a quella musica, ed anche alla mia vita.

Fisherman Road era una strada che correva da est a ovest, il numero sette era sul lato nord della carreggiata. C'era una buchetta per le lettere; 'Wilson' era il nome impresso sopra di essa. Lo stradino che portava alla casa era di terriccio, piuttosto sabbioso, così lo percorsi a piedi: non volevo impolverare la mia piccola seicento bianca. Dopo circa duecento metri, arrivato davanti alla porta della casa, bussai, ma non ottenni risposta. Erano le 14.57.

Mi allontanai dal portone per scrutare le finestre, ma erano tutte serrate; l'impressione era quella di una casa vuota, nemmeno da poco tempo, magari erano anni che nessuno viveva più lì. I cardini delle porte e delle finestre erano arrugginiti e le persiane rovinate.

"Sei arrivato" sentii dire dietro di me, così mi voltai.

Lei era lì, in tutta la sua bellezza, c'eravamo solo noi due e soprattutto non c'era nessuna macchina che sfrecciasse a velocità folle a pochi centimetri da noi.

"Come ti chiami?" le chiesi, poi continuai "Io mi chiamo Brian."

"Lo so chi sei" non disse altro.

"Beh, non mi vuoi dire il tuo nome?" le domandai.

"Non è importante come mi chiamo, l'importante è che tu sia qui, per finire la tua Sinfonia a Dio, ciò per cui presto sarai sulla bocca di tutti."

"E cosa dovrei fare?"

"Entriamo in casa, seguimi." La porta era spalancata, eppure ero certo che non lo fosse cinque minuti prima.

Entrammo in casa e la ragazza del mistero mi fece accomodare in una sala, con un pianoforte a coda nero al suo centro.

"Siediti, chiudi gli occhi, suona e componi quello che senti, vedrai, non ci vorrà molto."

"Va bene" risposi, così incominciai.

I primi minuti furono difficili, ero vittima delle solite imprecisioni, ma dopo un po', una ad una, quelle note che non ero riuscito mai a trovare iniziarono ad uscire dal pianoforte. Stavo provando un'eccitazione simile a quella di un ragazzino che sta finendo un puzzle di cinquemila pezzi. Ora ciò che mancava era così esiguo che potevo vedere l'opera nella sua pienezza ancora prima di averla terminata. Guardai l'orologio, erano le 4.09 del mattino, avevo passato lì pressappoco tredici ore senza nemmeno accorgermene, quando l'ultima vibrazione provocata dal martelletto fu smorzata dal mio semplice rilasciare il tasto.

Avevo finito la mia opera. La Sinfonia a Dio era realtà, scritta nero su bianco. Ero rapito dalla bellezza del lavoro che avevo appena ultimato. Restai alcuni momenti a fissare lo spartito con un'espressione quasi concupiscente.

"Mi chiamo... Rhonda" udii sussurrare dietro le mie orecchie. Ritornai in me.

Mi voltai verso la porta d'ingresso, dove spesso avevo visto la ragazza nelle ore precedenti, intenta ad ascoltarmi, però non vidi nessuno. Mi alzai, andai alla porta, ma era chiusa. Camminai avanti e indietro nella stanza per qualche istante, poi andai alla finestra; fuori le tenebre si erano impadronite di ogni cosa, le luci ed i colori erano spariti, però non era una comune nottata in cui il buio viene a spaventarci. Proprio non riuscivo a vedere niente, come se davanti ai vetri avessero messo un pannello nero. Provai ad aprire la finestra, però non ci fu nulla da fare: era bloccata. Tentai di infrangerla, ma senza successo. Improvvisamente partì la musica dal pianoforte, era la mia Sinfonia a Dio. Mi fermai, non cercai più di scappare, restai ad ascoltare senza battere ciglio.

Finita la musica tornai al pianoforte e presi lo spartito tra le mani; avevo il mio capolavoro, un pezzo che nemmeno i compositori più geniali della storia, Beethoven, Mozart, Chopin, erano stati in grado di realizzare, però non sapevo come fare ad uscire da quel luogo per poter gridare al mondo ciò di cui ero stato capace.

"Devi solamente scegliere, Brian, ora tu hai la chiave per entrare nella leggenda, però dovrai farlo pagando un prezzo." Sentivo la sua voce, ma non potevo vederla.

"Aiutami Rhonda, ti prego!" gridai.

"Non hai bisogno del mio aiuto, se tu vorrai, questa stanza non sarà una prigione per te, puoi aprire la porta e andartene, ma senza la sinfonia, senza il ricordo di essa. Se invece desideri che la tua Sinfonia a Dio venga rivelata a tutti e tramandata nei secoli, dovrai accettare di pagare una contropartita."

"Quale?" chiesi spaesato.

"La tua vita" rispose lei. Restai sconcertato, poi ella continuò "Spesso ci viene concessa una seconda chance, quella sera in quel postaccio in cui suonasti, quando sei uscito e mi hai incontrata, ti ricordi?"

"Sì, certo" risposi.

"Quella macchina che andava all'impazzata..." continuò Rhonda.

"E che per poco non ci travolse" aggiunsi.

"Quella macchina ti ha ucciso, ma ti è stata donata questa seconda possibilità. A te la scelta su come farla fruttare, o continui a vivere come in questi ultimi anni, o scegli di porre fine alla tua vita adesso, facendo sì che essa abbia avuto un senso." Nella stanza scese il silenzio.

Ora anche le pareti si erano annerite, e la stanza dava l'impressione di essersi ristretta, quasi come se stesse implodendo, la luce regnava solo al pianoforte. Ero seduto sullo sgabello del piano, leggevo lo spartito e chiusi gli occhi: avevo preso la mia decisione.

Mi addormentai, non so se per qualche istante o per più ore, so solo che svegliandomi mi ritrovai steso, apparentemente in una bara. Per un attimo gridai, chiamai aiuto, poi mi resi conto che in realtà l'aiuto di cui avevo realmente bisogno potevo averlo solo restando lì, fermo, in silenzio. Mentre respiravo sempre più lentamente, mi venne in mente un racconto, di un uomo che era stato sepolto vivo per errore. Non riuscivo a ricordare se alla fine lo sventurato fosse stato tratto in salvo oppure no, ma non m'importava più di tanto. Abbozzai un sorriso.

Dopo un altro po' mi riaddormentai.

Ora sento la dissociazione, avverto il distacco dal mio corpo, mi sento uscire da quell'involucro, salgo in superficie, vedo la mia macchina parcheggiata sul ciglio della strada, e lì accanto un po' di terra rimossa per coprire la fossa che mi ospita. Sul cruscotto dell'auto vedo lo spartito e un cd 'Sinfonia a Dio'. Volo sempre più in alto, vedo i campi, le strade e l'orizzonte sempre più rotondo. Ora tutto ha un senso, anche essere morto ce l'ha, meglio così che essere falciato da un ubriaco al volante, meglio così che vivere come un'ombra.

Sorrido, scende la pioggia sulla terra assetata mentre la mia anima sale allietata.

# Il cerchio

Il loro primo incontro avvenne l'11 luglio del 1982; era il giorno in cui si sarebbe giocata la finale della Coppa del Mondo di calcio, Italia contro Germania. Ormai i petali dell'estate erano sbocciati e le giornate trascorrevano lunghissime e spensierate per Stefano che con la sua famiglia, come ogni anno, aveva raggiunto il parentado in Romagna.

Settembre era ancora lontano e l'inizio della scuola media, ancora molto sullo sfondo, non era di certo un pensiero persistente nella mente del ragazzino. Inoltre, di lì a poche ore, ci sarebbe stata 'La Partita', ciò per cui negli ultimi mesi aveva passato ore e ore a leggere e rileggere i nomi di tutti i calciatori dell'album Panini, imparando a memoria i nomi anche di quelli dell'El Salvador. I mondiali di Spagna '82 erano i suoi primi campionati vissuti scientemente, con fervore e tifo quasi maniacali e quella, ne era certo, sarebbe stata una giornata storica.

Ed effettivamente lo fu per tutta l'Italia, ma per Stefano risultò esserlo in maniera molto più dirompente perché quel giorno conobbe Annabel.

Figlia di due turisti inglesi (in realtà la madre era italiana trasferita in Inghilterra) affezionati a quel lembo di Romagna, Annabel aveva otto anni ed un'intelligenza notevolissima, riscontrabile da chiunque la sentisse parlare in ben tre lingue in maniera fluente, quasi forbita, nonostante la giovanissima età. Per di più era una bambina col viso adorabile e dallo sguardo magnetico e penetrante, un connubio certamente insolito per chi aveva compiuto solo da un paio d'anni l'età scolare.

Dopo aver trascorso il pomeriggio con gli amici a Campigna, piccola località appenninica tra le province di Forlì ed Arezzo, consumando un propiziatorio picnic comprendente, più per scherzo che per golosità degli astanti, wurstel, crauti e tanta birra, Stefano ed i suoi genitori arrivarono, ancora lievemente spossati dalle libagioni e dalla strada percorsa, a casa dei cugini della madre, a Bordonchio.

Bordonchio, piccola frazione dell'entroterra romagnolo tra Igea Marina e San Mauro Pascoli, era poco più di un agglomerato di case raccolte attorno ad una chiesa, il resto era costituito da possedimenti terrieri con case padronali isolate all'interno dei poderi. Ed era proprio uno di questi poderi che quella sera avrebbe ospitato Stefano e Annabel, rendendo così possibile il loro primo incontro.

Fu Annabel a notare per prima la presenza di Stefano, appena lo vide scendere dall'auto, con i capelli neri e scomposti che gli coprivano parzialmente la fronte. Dal canto suo il giovanotto non era mai a suo agio quando giungeva atteso da una moltitudine di persone: preferiva sempre essere uno dei primi ad arrivare, per entrare in confidenza col luogo che lo ospitava e fare da anfitrione a chi arrivava in seguito.

Stefano passò in rassegna tutti i parenti che lo abbracciarono e lo sbaciucchiarono uno ad uno, fino ad arrivare allo zio che strofinò la propria guancia ruvida come la carta vetrata a quella del ragazzino rendendogliela quasi viola. Ridendo l'uomo esclamò "Pataca!" mentre Stefano abbozzò un sorriso girandosi dall'altra parte per fuggire dai 'loro' sguardi. Così facendo però incrociò due occhi nocciola che lo fissavano da un metro scarso di distanza.

Lì nacque il loro amore. Così giovane, inaspettato e intenso, così spiazzante e tiepido, come l'aria vagamente salmastra che dal mare giungeva fino ai loro sensi, lasciandosi sentire e respirare; testimone di questo nascente sentimento che avrebbe segnato per sempre le loro vite.

I preparativi per la cena erano già avanzati, la partita sarebbe iniziata alle otto e il pasto, per forza di cose, a quell'ora avrebbe già dovuto essere perlomeno agli sgoccioli; ci avrebbero pensato le signore della compagnia (almeno quelle poco interessate alla finale) a sparecchiare le ultime stoviglie. Un grosso televisore a colori troneggiava al capo del tavolo situato per l'occasione nel giardino e ben tre prolunghe furono necessarie per collegarlo alle prese elettriche all'interno dell'ingresso.

Era una tavolata enorme. Stefano era certo che sarebbe stata una festa: l'Italia non poteva perdere, aveva battuto l'Argentina, il Brasile (forse il più dirompente di sempre), liquidato la Polonia, e ora aspettava gli stanchi tedeschi, reduci dalla snervante semifinale vinta ai rigori contro la Francia. Però in lui, quei febbrili momenti che aveva pregustato già da alcuni giorni, si susseguirono in maniera quasi onirica; certamente c'era la partita, il fervore per la cena, l'ebbrezza per gli annunciati festeggiamenti a base di gavettoni e fuochi d'artificio, soprattutto però, c'era Lei.

Bastarono pochi istanti perché i due bambini entrassero in confidenza, anche se non erano i soli giovanissimi della compagnia si erano ben presto defilati lasciando i cuginetti e gli amici vari liberi di scorrazzare nel cortile e simulare l'imminente partita di pallone. Iniziarono a passeggiare fianco a fianco incominciando a conoscersi 'Come ti chiami?', 'Quanti anni hai?', 'Dove abiti?' le classiche frasi per raccontarsi un po'. Imboccarono un sentiero appena tracciato ai margini di un campo di grano e camminarono senza accorgersi minimamente del mondo che li circondava e della natura che di lì a poco li avrebbe accompagnati in un luogo magico.

Annabel, nonostante i due anni in meno, governava la conversazione, parlando un italiano invidiabile per una bambina straniera e Stefano ne era rimasto subito colpito. Quella stessa brezza marina, testimone del loro primo contatto, li spingeva sempre più lontano dalla casa. Era in atto una magia, la partita era sempre meno nei pensieri del ragazzino, ogni aspetto che nella sua vita fino a mezz'ora prima era stato di vitale importanza, in quegli attimi era diventato distante, sbiadito, privo della benché minima importanza e consistenza.

"Quanti figli vorresti avere?" chiese improvvisamente Annabel.

"Eh? Hmm, non lo so… magari due" rispose Stefano molto sorpreso dalla domanda.

"E perché due?"

"Mah, sai, sono figlio unico, e mi piacerebbe avere un fratello."

"O magari una sorella" ammiccò la bambina sorridendo.

"Sì, cioè, non lo so, magari con un fratello potrei fare più cose insieme, sai le femmine e i maschi sono diversi" sentenziò Stefano, "comunque due figli andrebbero bene, e tu?"

"Come te, due!"

Continuarono a guardarsi sorridendo; oramai erano giunti ai piedi di un grosso platano, così si fermarono per un attimo nella zona d'ombra creata dall'enorme tronco che si stagliava verso il cielo, con il sole ancora caldo nonostante stesse lentamente iniziando la sua discesa verso l'orizzonte. Si guardarono e lei prese la mano destra di lui tra le sue stringendola in una morsa gentile e rassicurante, a quel punto Stefano posò la sua sinistra sopra quelle di Annabel e fissandosi negli occhi, i due giovanissimi rimasero come incantati per un numero imprecisato di minuti.

"Non parlare, stringimi forte, voglio sentire il battito del tuo cuore" disse l'audace bambina a Stefano. Lui restò di sasso. Era totalmente impreparato a quel genere di richiesta, comunque allargò lievemente le braccia per accoglierla al suo petto e lei lo abbracciò con forza, posandogli l'orecchio sullo sterno.

Passarono altri minuti, era come essere in paradiso, i campi di grano attorno a loro ondeggiavano creando quasi una melodia di sibili e fruscii; le spighe sbattevano in un caotico ma morbido movimento le une con le altre, come fossero state tanti spettatori di fronte ad un goal di Pablito. Per Annabel e Stefano il mondo, in quel momento, era quel lembo di terra all'ombra di quel grosso platano, con attorno un mare d'oro inneggiante al loro nascente amore.

Improvvisamente l'allarme dell'orologio da polso di Stefano iniziò a suonare, riportando i due bambini alla realtà. Per loro fu come risvegliarsi da un sogno, il viso di Annabel, o meglio, la parte che era stata a contatto col petto del ragazzino era quasi di colore porpora. Lui era sudato fradicio e quel suono tanto inaspettato quanto opportuno ricordò ai due che la cena doveva essere quasi pronta. Superato un iniziale senso di smarrimento e d'imbarazzo infatti i due bambini cominciarono a dirigersi verso la via di casa, mettendosi gradualmente a correre, prima lentamente, poi sempre più veloci e a braccia aperte, gridando alla natura la loro gioia.

La cena non era ancora in tavola, quindi l'arrivo di Annabel e Stefano passò inosservato, però mancava veramente poco. Dalla casa si sentivano provenire sapori antichi e cari: il ragù, la carne cotta alla brace. Quasi i due terzi dei presenti, soprattutto i più giovani, erano già ai loro posti, pronti ad addentare la piada calda non appena fosse stata portata in tavola. Di un colore giallastro e vagamente irregolare nella sua forma, quel 'pane contadino' riusciva a mandare in visibilio tutti i presenti. Annabel aspettava ogni anno l'arrivo dell'estate non solo per il viaggio in Italia, ma per tutto ciò che nel belpaese poteva mangiare in quel mese di villeggiatura.

I due bambini erano in posti abbastanza lontani, ma durante la cena si sentirono vicini come non mai; ogni istante era un pretesto per guardarsi, per sbirciarsi quasi di nascosto, fluttuando in mezzo all'allegria generale della tavolata. Un sorriso di Annabel, uno di Stefano, entrambi ad inseguirsi e provocarsi l'un l'altro senza che nessuno facesse caso a quella sorprendente chimica che si era creata quella sera.

Più velocemente di quanto previsto arrivò il momento della partita, fu tutto come Stefano (e milioni di italiani) aveva sognato, dopo un iniziale equilibrio, inesorabilmente l'Italia aveva cominciato a spingere, l'arbitro fischiò un rigore a favore degli azzurri. Cabrini: fuori! La tavolata fu colta dalla disperazione; solo Stefano e Annabel, a distanza di sicurezza l'uno dall'altra, avevano stampata in faccia un'espressione rilassata, quasi sognante. Sembrava si aspettassero il secondo tempo sontuoso con cui l'Italia trafisse per ben tre volte la porta della Germania Ovest. Rossi, Tardelli e Altobelli avevano fatto scoppiare di gioia tutta l'Italia, Breitner a pochi minuti dalla fine aveva fatto venire un estemporaneo brivido lungo le schiene dei più pessimisti, ma quando l'arbitro fischiò la fine, ci fu l'urlo liberatorio di Martellini "Campioni del Mondo!"

Iniziarono così i caroselli; parte della compagnia prese auto e moto dirigendosi verso la costa, dove erano stati organizzati raduni con maxischermi, fuochi artificiali e chi più ne ha più ne metta. Gli altri stettero lì nel cortile a far passare l'euforia con un bicchiere di amaro e qualche sigaretta.

L'aria di mare prestava ancora un caldo abbraccio agli ospiti sparpagliati tra il tavolone attorno al quale fino a pochi minuti prima tutti avevano trepidato per la partita, il cortile circostante, con le auto parcheggiate in ordine un po' approssimativo e la cucina della casa. I ragazzini ancora presenti si erano rifugiati nelle macchine dei loro genitori e, una volta tirati giù i finestrini, fecero partire le autoradio. Stefano si era fermato nei pressi della macchina di suo zio Adriano. Lì due suoi cugini, Lucia e Marco, ascoltavano la musica e scherzavano spensierati raccontandosi barzellette. Lui li osservava da dietro il lunotto posteriore, partecipando anch'egli (pur non visto) al clima festoso che lo aveva contagiato.

"Stanno bene insieme" lo sorprese Annabel.

"Sì, è vero" concordò Stefano.

"Anche io e te stiamo bene insieme" continuò la bambina. Lei aveva sempre la capacità di sorprenderlo e di spiazzarlo; per tutta la sera ogni volta che l'imbarazzo di Stefano lo bloccava in una condizione di malcelata indecisione, Annabel accelerava, facendogli capire che con lei non doveva aver paura di dire nulla. Ogni cosa lui avesse detto sarebbe stata quella giusta, allora il ragazzino azzardò, "E non siamo nemmeno cugini…"

Lei lo guardò con un'aria interrogativa, ma anche un po' divertita.

Stefano cercò di spiegarsi un po' meglio, "Cioè, volendo, se stiamo così bene insieme, visto che non siamo parenti, magar..." fu interrotto da Annabel.

"Ci possiamo anche dare un bacio?" le ridevano gli occhi, poi incalzandolo "questo vuoi dire?"

Il giovanotto restò in silenzio, in quegli attimi il suo cuore palpitava come un treno a vapore, guardò un attimo le stelle; gli parve che anch'esse fossero presenti lì in mezzo a loro, sospese a pochi metri, in grado di udire ogni parola.

"Sì" rispose timidamente Stefano.

Lei gli si avvicinò con un passo e protese le labbra verso di lui. Anche il cuore di Annabel era letteralmente sopraffatto dalle emozioni, per un attimo si chiese se fosse normale che due bambini di otto e dieci anni potessero provare un così forte sentimento di appartenenza. Stefano restò impietrito, prima di comprendere che avrebbe dovuto abbassarsi per incontrare le labbra della sua cara passarono alcuni lunghi istanti, istanti in cui la bambina restò con gli occhi chiusi e la bocca pronta al bacio. A quel punto il ragazzino si abbassò leggermente e, chiudendo le palpebre, appoggiò le sue labbra su quelle di lei.

Con la bocca Stefano poteva sentire il labbro superiore di Annabel, avvolgendolo dolcemente. Lei fece altrettanto con labbro inferiore del ragazzo. In quel preciso istante il tempo si era fermato per entrambi; nessuno di loro era consapevole da quanto stesse durando quel loro contatto. Un lungo brivido si propagò lungo le schiene dei due ragazzini come una leggera scarica elettrica trasmettendosi dall'uno all'altra.

Le stelle stettero a guardare.

Quella serata terminò non molti minuti dopo. Tornando verso casa Stefano pensò a ciò che Annabel gli aveva sussurrato all'orecchio nel momento in cui i loro ignari genitori erano andati ad avvisarli di prepararsi a partire. Sorrise, ma sentiva già la mancanza di quella bambina, di quell'anima con cui aveva condiviso i momenti più belli della propria vita. Estremamente provato da una giornata tanto faticosa quanto felice, il ragazzino si addormentò sul sedile posteriore dell'auto, col pensiero rivolto ad Annabel e a quella sua frase.

Quella notte la sognò, rivisse ogni momento del loro magico incontro, compreso quel sussurro finale "Allora, avremo due figli, ok?" In quell'attimo un angolo della bocca di Stefano si sollevò disegnando un tenue sorriso; c'era tanta gioia, tanta purezza e tanta incoscienza in tutto ciò che avevano fatto e si erano detti.

Erano ormai le tre del mattino, Annabel guardava il cielo, incapace di dormire, gli occhi erano rivolti verso le stelle, sognanti e attenti, come se solo lei potesse parlare con i miliardi di corpi celesti che la circondavano in quella notte magica. Dopo alcuni istanti una lacrima le rigò il volto: chissà se l'avrebbe mai rivisto.

øøø

Il 9 novembre 1989 fu una data storica per l'umanità: finalmente una realtà assolutamente inutile e anacronistica aveva cessato di esistere, abbattuta dalla voglia di rinnovamento che in quegli anni aveva spinto la società del tempo a superare le vecchie contrapposizioni tra est e ovest. Già da settembre, avendo l'Ungheria abbattuto la cortina di ferro, migliaia e migliaia di tedeschi dell'est erano potuti andare in Germania Ovest senza che nessuno sparasse alle loro schiene. Ci vollero ben due mesi prima che anche l'ultimo residuato bellico della seconda guerra mondiale venisse distrutto, ma alla fine l'inevitabile si compì.

In quel giorno di grande euforia e speranza per tutto il mondo le esistenze di Stefano e Annabel si intrecciarono nuovamente, senza il minimo preavviso, senza nulla che potesse far pensare a ciò che sarebbe successo.

Ogni anno, per la commemorazione dei defunti, Stefano e i suoi genitori si recavano in Romagna per fare visita ai nonni del ragazzo, era ormai un'abitudine consolidata attraverso la quale si poteva andare tutti assieme a ricordare chi non c'era più, ma anche a salutare chi ancora c'era. Quell'anno le cose andarono diversamente, il ragazzo si era infatti ammalato proprio in quei giorni, per cui la trasferta dovette essere posticipata di una settimana.

Verso le tre del pomeriggio Stefano ebbe un sussulto quando udì suo padre porre la seguente domanda alla moglie: "Allora ce la facciamo ad andare da Walter?" Al giovane tornò nuovamente in mente quella serata di luglio trascorsa anni prima sulla riva di un sogno ormai troppo lontano per albergare incessante nella sua testa e nel suo cuore, ma non tanto da sparire del tutto.

Da quella volta infatti Annabel e Stefano non si erano mai più visti né sentiti e per il ragazzo tornare in quella casa, calpestare quella terra e rivedere quell'albero, vagare nel parcheggio sul retro della casa, tra la ghiaia, cercando di ricordare le esatte coordinate affettive in cui avvenne quel piccolo grande bacio, era qualcosa di inaspettato anche perché era proprio dal 1982 che non avevano più fatto visita alla famiglia dello zio Walter.

Era un pomeriggio plumbeo, le nuvole nere e minacciose gravavano nel cielo, quasi comprimendolo. Davano l'impressione ad Annabel di trovarsi all'interno di uno spazio angusto; nessun sole, nessuna stella, nessuna luna e nessun paradiso. Lei e la mamma erano in Italia per trascorrere un periodo di riposo, in famiglia le cose non andavano bene. I genitori della ragazza erano ai ferri corti a causa dei comportamenti violenti del marito nei confronti di moglie e figlia. L'alcol e la disoccupazione avevano aggravato una condizione non idilliaca ed il risultato era stato una fuga rocambolesca in Romagna da parte delle due donne. Lì nei pressi di Bordonchio un paio di vecchie zie della madre erano state ben felici di ospitarle e la situazione, dopo già tre settimane, stava iniziando ad andare a genio anche alla ragazzina che aveva inizialmente sofferto non poco questa nuova condizione di fuggitiva.

Stefano e i suoi arrivarono a destinazione poco prima che cominciasse a piovere, nel cortiletto in ghiaia c'erano parcheggiate altre due macchine, il ragazzo provò un'emozione fortissima nel vederne una in particolare. Non che l'avesse mai vista prima di quell'istante: il particolare che gli fece mancare il respiro era la guida a destra di quella Peugeot 205. Quante possibilità, o meglio, quante speranze c'erano che un'automobile inglese in quella stessa casa, pur ad oltre sette anni di distanza, fosse della famiglia di Annabel? Il giovane in cuor suo riteneva che non superassero un 25%, ma tanto era bastato per metterlo in uno stato di agitazione ed impazienza difficilmente celabile. Com'era possibile che un sentimento che fino a pochi minuti prima era restato gelosamente custodito in un angolo recondito del suo cuore, potesse poco dopo sopraffarlo con così tanta veemenza?

Stefano affrettò il passo e giunse per primo di fronte alla porta di casa suonando immediatamente il campanello. Aprirono in un attimo, lo spalancarsi della porta gli mostrò immediatamente quegli occhi nocciola che per così tanto tempo aveva ricordato. Non poteva crederci, lei era lì di fronte a lui, ancora una volta, dopo così tanto tempo. In quel preciso momento la deflagrazione di un tuono sancì l'inizio di una pioggia che sarebbe stata incessante e duratura per tutto il resto della giornata.

L'entrata in casa fu un po' convulsa, le prime gocce d'acqua avevano sorpreso i genitori di Stefano a metà strada tra il parcheggio e l'ingresso della casa, tant'è che anche loro affrettarono il passo e costrinsero il giovane ad interrompere la contemplazione della ragazza che stava sulla porta. Ovviamente i suoi non avevano ancora capito nulla, così presi dalla concitazione della scena e dalla preoccupazione di non essersi bagnati troppo.

Annabel era un fiore. Poco più di un metro e sessanta, i capelli lisci e lunghi, dello stesso colore degli occhi. Dimostrava più della sua età; pur essendo il suo viso ancora quello di una bambina, il corpo era già sviluppato e quella fu la cosa che maggiormente turbò Stefano. In lui quel ricordo così lontano eppure così lieto, era stato soppiantato dalla realtà. Finalmente il presente era più importante del passato. Tutte quelle domande su chissà quante opzioni e quanti bivi erano stati percorsi, lasciandosi dietro una serie di occasioni e di realtà irreali, di sogni mai fatti e di desideri mai esauditi, cessarono. Però il presente gli faceva anche paura: sarebbe stato all'altezza del passato? E l'aver chiuso quel passato in un cassetto, facendolo emergere solo di tanto in tanto durante certe notti insonni, era stato giusto da parte sua?

Entrambi avrebbero avuto modo di trovare una risposta alle loro domande molto presto; dovevano farlo per loro stessi, perché il mito di quell'incontro nel tempo era diventato molto più pesante di ciò che realmente era successo.

Essere tutti insieme nel salotto stava limitando notevolmente ogni possibilità di movimento dei ragazzi. Tutti erano seduti, chi sulle sedie, chi sul divano e i due giovani erano tutt'altro che vicini. I notiziari della televisione scandivano le tappe della caduta del muro di Berlino. Improvvisamente accadde qualcosa di inaspettato e proprio per questo sfacciatamente bello: Annabel si alzò nel silenzio, prese due ombrelli e rivolgendosi a Stefano gli disse "Ti va di fare un giro fuori?"

Gli sguardi dei presenti espressero un certo stupore, il padre del ragazzo provò a obiettare "Con questo tempo???"

La ragazza lo guardò con un misto di distacco e disprezzo tanto che l'uomo, già per natura un tipo mite, si fece carico di riprendere la discussione con i parenti laddove era stata interrotta.

I due giovani uscirono così di casa sotto la pioggia, incamminandosi verso i campi.

Finalmente soli, come sette anni prima. Stefano si rese presto conto che le emozioni provate a suo tempo, in quel preciso momento erano state soppiantate da nuove sensazioni. Non sapeva spiegarselo razionalmente, ma era come se i suoi ricordi, in quell'attimo fossero diventati inadeguati, forse anche ingannatori. La realtà che aveva davanti gli suscitava un forte turbamento, era come se la bellezza di Annabel, in un certo senso, inquinasse la purezza di quel sentimento che i due bambini avevano provato tanto tempo addietro.

"Ci sono così tante cose che devo dirti" ruppe il ghiaccio lei "ti ho pensato spesso sai? In questi sette anni, tre mesi e ventotto giorni."

Stefano restò sbalordito, dopodiché rispose "Anch'io ti ho pensato."

"Non puoi immaginare quante cose sono successe" continuò la ragazza "non puoi averne idea."

"Annabel, mi sei mancata molto, avevo paura che non ci saremmo più rivisti."

"Ma non ti ricordi cosa ti dissi l'altra volta quando ci salutammo? Era ovvio che ci saremmo rivisti."

Stefano non capiva questa incosciente certezza con cui Annabel gli parlava. Lei era un fiume in piena, gli raccontò in mezz'ora gli ultimi sette anni di vita e lui ascoltava, senza battere ciglio. In quei momenti, mentre lei nervosamente passava in rassegna le vicende della sua famiglia, il ragazzo pensava a quanto la giovane inglesina fosse cambiata: la piccola bambina impudente pareva essere sparita, lasciando la scena ad un'adolescente che recitava solo la parte della persona sicura di sé. La pioggia stava continuando incessante, quegli stessi campi che un tempo sembravano mari dorati ora erano brulle e geometriche tracce per la semina nella nuda terra.

La pioggia stava diventando qualcosa più di un semplice fastidio, Stefano e Annabel erano più impegnati a proteggersi dall'acqua che non a conversare. Allorché la ragazza, indicando davanti a loro, sulla sinistra, disse: "Lo vedi quel piccolo capanno laggiù? Proviamo a vedere se è aperto, possiamo ripararci un po' e parlare con più calma."

I due ragazzi corsero verso il piccolo tugurio in legno, le loro scarpe erano ormai inzuppate di fango, quando mai fossero rientrati erano certi che sarebbero stati redarguiti pesantemente dai loro parenti. Per fortuna c'era solo un'asse di legno a bloccare la porta di quello che pareva essere più un deposito di attrezzi agricoli che altro. Probabilmente non ci sarebbe stato nemmeno lo spazio per entrare in quegli scarsi quattro metri per quattro.

Varcando la soglia restarono stupefatti.

Era un piccolo gioiello, arredato di tutto punto, con la luce, l'acqua e una piccola stufa a legna. Un letto a una piazza e mezzo, un paio di sedie, due comodini e una scrivania. Un piccolo mobile con sopra una TV e nient'altro, ma tutto curato e arredato con gusto.

"Due cuori e una capanna!" proruppe Stefano.

Lei lo guardò intensamente, in quello sguardo c'era molto più di ogni cosa che si erano detti, furono pochi attimi, ma estremamente significativi. Subito dopo gli disse "Togliamoci le scarpe!"

Stefano chiuse la porta e girandosi per entrare vide Annabel, finalmente di fronte a lui, sola con lui. Lei era bagnata come un pulcino, tremava e anche lui si sentiva pervaso dal freddo e dall'umidità; era difficile credere che la temperatura fosse sopra lo zero.

"L'amante di Lady Chatterley" disse la ragazza. Lui non reagì, restò a fissarla, così fradicia e così chiara di pelle. Quello fu il primo momento in cui il timore che albergava in Stefano fece posto alla gioia dell'aver riscoperto le stesse antiche sensazioni. Per quanto fosse paradossale, il silenzio tra loro aveva abbattuto quel muro di incomunicabilità che la parola spesso crea. In quell'istante il contatto avveniva su un livello diverso, nulla di udibile o tangibile; il loro legame era immerso nell'universo delle emozioni, in quel dionisiaco mondo di sospiri e desideri che la ragione e la parola tendono solamente a banalizzare.

"Non l'ho letto" rispose Stefano dopo un lungo silenzio fatto di sguardi e sospiri "cosa succede nel libro?"

"C'è una scena come questa, beh, quasi" spiegò Annabel.

"E come va a finire?" domandò il ragazzo.

"A me importa solo come andiamo a finire noi" affermò la giovane "questo è il nostro libro, siamo noi gli scrittori, possiamo finirlo come meglio crediamo, come più ci piace."

"Con un lieto fine" propose Stefano.

"Con un lieto fine" ripeté Annabel abbracciandolo.

I due ragazzi erano sospesi tra la loro voglia di stare insieme e la consapevolezza che tutto si sarebbe risolto solo in pochi momenti presi a prestito dalle loro rispettive vite. Guardandosi negli occhi potevano vedere nell'altro così tante cose che le parole spesso risultavano un dettaglio di troppo nel loro essere insieme. I brividi continuavano a tormentare i due innamorati e il contrasto con i loro cuori in fiamme era palesemente insopportabile per entrambi.

"Annabel, quando ti guardo negli occhi posso vedere la tua anima, non so spiegarlo meglio. E' come se potessi guardare un mondo diverso."

"Shhhh, non c'è bisogno che me lo dici" lo interruppe Annabel, "anche per me è così, nella nostra vita abbiamo passato insieme così poco tempo, eppure sento di appartenerti totalmente, in questi anni non c'è stato un giorno in cui non abbia pensato a te."

Stefano si sentiva in colpa, a lui non era accaduto altrettanto: il pensiero di lei lo aveva accompagnato in quegli anni, ma era stato discretamente lasciato sedimentare per molto tempo al buio dell'oblio, come una bottiglia di vino tenuta ad invecchiare in cantina e rimirata di tanto in tanto dal collezionista in attesa di un suo improbabile utilizzo. Il ragazzo tacque, lei capì, ma comprese in cuor suo che quel bambino da lei conosciuto sette anni prima, così impacciato e indeciso non poteva certo avere la determinazione nel suo DNA che invece possedeva lei. D'altronde era lei la sfrontata che gli aveva detto 'Allora avremo due figli, ok?', era tutto normale, il loro destino doveva compiersi quando erano insieme, non certo separati da migliaia di chilometri e da un'età che non aveva permesso loro di poter restare insieme nel tempo.

"Togliamoci i vestiti sennò ci ammaliamo, magari in quel piccolo armadio c'è qualcosa per noi" disse speranzosa Annabel, ma nell'armadio c'erano solo un paio di coperte di lana e null'altro.

Stefano si avvicinò alla ragazza e la accarezzò. Senza dire nulla lei ricambiò il gesto e così, dopo sette anni, tre mesi e ventotto giorni, ripresero da dove erano stati interrotti.

Il loro bacio fu un bacio tutto nuovo, tanto timido all'inizio, nel momento del contatto, quanto impetuoso e inarrestabile nei momenti successivi. Si susseguirono poi istanti di grande dolcezza a frangenti di ardore incontrollato. Annabel temeva le scoppiasse il cuore. Stefano non poteva credere a quello che stava succedendo. I loro vestiti lentamente caddero sul pavimento, uno dopo l'altro, lasciando i loro due corpi liberi di entrare in simbiosi e stabilire un contatto non più solo emotivo: erano evoluti in un qualcosa di totalmente diverso, non erano più due, erano uno.

La temperatura nella stanza era dannatamente pungente e i due ragazzi, completamente nudi e infreddoliti, presero le coperte di lana appena scovate nell'armadio stendendole frettolosamente sopra le lenzuola. Entrare sotto il lenzuolo provocò nei due giovani un ulteriore brivido di freddo, entrambi si guardarono intensamente, ancora pervasi da tremore e spasmi, così si abbracciarono nuovamente.

"Ti amo" dissero all'unisono. Annabel scoppiò a piangere e si strinse a Stefano con ancora più vigore. Piansero entrambi, tremando infreddoliti e insicuri, ma infinitamente felici.

Lentamente il caldo dei due corpi abbracciati e riparati dalle coperte creò l'atmosfera ideale per suggellare la loro unione, era tornato il momento delle magie. D'altronde un amore così intenso non aveva età, per quanto giovani fossero i loro corpi e le loro vite, i due ragazzi si sentivano pronti per l'Amore e assecondarono il destino.

Il ritorno a casa dopo tre ore fu traumatico. I parenti preoccupati dall'assenza dei ragazzi li avevano attesi al varco, pronti a far loro una lavata di capo epocale. Fu una sensazione più sgradevole addirittura dell'aver dovuto rimettere i vestiti bagnati indosso e aver dovuto fare ritorno sotto il temporale, dopo aver trascorso un'ora di intimità indimenticabile. Inoltre la madre di Annabel, piangendo, aveva avvisato la figlia che l'indomani mattina sarebbero tornate in Inghilterra dal papà: tutto era risolto. La giovane sapeva che non era vero, ma non poteva opporsi a questa scelta.

A tarda sera Stefano era in macchina con i suoi genitori (ancora infuriati), diretto a Rimini dai nonni. In quei venti minuti di viaggio, ripensò a ciò che era successo nel pomeriggio. Ripensò al loro saluto, così frettoloso e traumatico, ma questa volta quel bigliettino che aveva in mano era molto più di un ricordo: Annabel Spencer, Essex Drive 231, LONDON Tel 0044-208-455-0812.

Annabel stava frettolosamente preparando la valigia, nella stanza di fianco poteva sentire sua madre piangere. La consapevolezza che nulla si era appianato con suo padre e la sensazione che il peggio dovesse ancora arrivare la angosciava profondamente. Si mise in tasca il piccolo post-it lasciatole da Stefano, ancora una volta la notte dopo il loro incontro sarebbe stata una notte di lacrime e di rimpianti. Avrebbe tanto voluto rimanere in Italia, ma la mezzanotte era giunta e Cenerentola doveva tornare a casa.

øøø

A settembre Roma aveva ancora un aspetto decisamente estivo. Il caldo alito dell'estate continuava a giungere dal mare e le temperature erano tutto sommato ancora gradevoli tanto che le giornate sembravano appartenere ancora al mese di agosto piuttosto che preludere all'inizio dell'autunno. Quel martedì Stefano, con il suo trolley tra le gambe, era impegnato a capire a quale gate doversi imbarcare per raggiungere Milano, casa sua.

Negli ultimi anni Milano era diventata la sua città e di lì a poco tempo avrebbe anche messo su famiglia con la sua fidanzata Beatrice: il matrimonio era fissato per fine mese. A grandi linee si poteva tranquillamente dire che tutto fosse stato già predisposto, ma l'agitazione e l'eccitazione di quel periodo stavano avendo la meglio su qualsivoglia forma di logica e di oggettività. Ogni giorno ed ogni ora erano una possibile fonte di sorprese ed imprevisti.

Quel giorno, particolarmente, consegnò agli annali un avvenimento che né Stefano né nessun altro si sarebbero mai immaginati di dover vivere. L'aereo sarebbe dovuto partire attorno alle 17.30 e, nonostante mancassero meno di tre ore al decollo, il giovane non aveva idea di dove si dovesse fare il check-in. Leggendo sui tabelloni informativi non era riuscito a scovare nulla che potesse essergli d'aiuto, si guardò in giro affannosamente, poi la sua espressione tesa mutò radicalmente lasciando il posto all'incredulità e allo sconcerto.

Due grattacieli, una coltre di fumo da uno di essi.

La CNN stava trasmettendo qualcosa che lentamente incollò quasi tutti i presenti agli schermi al plasma dislocati in aeroporto. La prima reazione di Stefano fu di sbigottimento: non poteva essere vero.

Invece lo era, era tremendamente vero, come purtroppo sarebbe stato vero ciò che accadde in seguito.

Di fronte a quelle Tv si erano formati capannelli di persone che, dopo i primi minuti di stupore, iniziarono a commentare la ridda di indiscrezioni e teorie che venivano formulate da tutti i notiziari impegnati, ovviamente, su quel tragico evento.

Stefano provò a contattare Beatrice per avere da lei qualche notizia in più sull'accaduto, ma la donna non rispose, 'Sarà un pandemonio anche là' pensò il giovane. Cercò allora di mettersi il cellulare in tasca, ma lo fece distrattamente, tanto che questo cadde; subito si chinò per raccoglierlo. Prese immediatamente il telefono... ma la batteria chissà dov'era schizzata. Spaziò con lo sguardo sul pavimento, ma la prima cosa che vide furono due scarpe porsi davanti a sé: decolté, nere, tacchi di circa dieci centimetri, pensò subito che la donna che le indossava dovesse essere proprio una dama di gran classe, come la sua Beatrice.

Alzando lo sguardo, Stefano ebbe la sua seconda grossa sorpresa della giornata, la più gradita che potesse sognare, ma anche la più imbarazzante. Il ragazzo non credette ai propri occhi, Annabel era lì, di fronte a lui, con quegli occhi nocciola che lo fissavano, questa volta con un'espressione divertita mentre cercava la batteria del cellulare.

Il tempo l'aveva resa ancora più bella di quanto la ricordasse, era diventata una bellissima donna, molto fine ed elegante, ma al contempo manteneva una sua semplicità che Stefano colse in quel suo sguardo così capace di creargli emozioni difficilmente descrivibili.

"Annabel!?!" esclamò Stefano.

"Stefano!" rispose Annabel, "ti avevo visto dal bar, non riuscivo a credere che fossi tu."

"Beh, sono io" rispose lui sorridendo.

Seguirono attimi di imbarazzato silenzio. Era la prima volta che si vedevano da dodici anni. Analogamente a come accadde tra i loro primi due incontri, quel lasso di tempo era trascorso nel pressoché assoluto distacco. Stefano e Annabel si erano sentiti per telefono nei giorni e nelle settimane successive a quel 9 novembre. Ben presto però la ragazza era entrata in una spirale senza fine di avvenimenti che la portarono a vivere tanti 'peggiori giorni della propria vita' a breve distanza gli uni dagli altri. Dopo sole due settimane sua madre restò vittima di un incidente in casa, morì dopo sette giorni di agonia. Al telefono, Annabel gli era sembrata distrutta dal dolore, ma ciò che Stefano aveva avvertito andava aldilà del lutto e della disperazione, non era mai stato capace di comprenderlo, ma qualcosa l'aveva portato a credere che non tutto gli fosse stato detto.

Dopo un mese arrivò una lettera con cui Annabel di fatto lo invitava a non farsi più vivo, la ragazza aveva scritto che la perdita della madre era stata un evento scioccante, ma da quel dramma era nato un riavvicinamento con il padre. La ragazza e suo papà avevano deciso di trasferirsi a Liverpool per ricominciare.

Liverpool. Null'altro, non un indirizzo, un recapito telefonico: niente.

Stefano aveva provato subito a richiamarla, ma il numero era diventato inesistente e le lettere da lui spedite ritornarono al mittente.

Tutto era finito così, reciso come lo stelo di un fiore. La linfa da cui traeva la forza per ridere, per gioire e per sognare, improvvisamente aveva smesso di arrivare al suo cuore. Non poteva riuscire crederci, ne parlò anche con i genitori, confidando loro i sentimenti per quella ragazza. Fortunatamente trovò grande aiuto nella sua famiglia per cui ad un periodo di naturale tristezza e malinconia, iniziarono, giorno dopo giorno a succedersi giornate serene se non allegre e spensierate.

"Dobbiamo parlare di tante cose" asserì Annabel.

Stefano alzandosi si ricompose e dopo un attimo di pausa annuì, "Sì, credo che sia opportuno."

Di nuovo insieme, dodici anni erano passati, ma in quel momento era evidente che tutto fosse cambiato, i due giovani avrebbero avuto modo di rendersene conto molto presto. I due innamorati di un tempo si sedettero ad un tavolino di un bar vicino ai gate per l'imbarco.

"Undici anni, dieci mesi…" disse Stefano.

"… e due giorni" lo interruppe Annabel.

"Perché?" chiese lui, il tono mal celava un evidente rammarico.

Annabel non rispose, o perlomeno non disse ciò che il ragazzo si sarebbe aspettato: "Lo scorso mese è morto mio padre."

"No!!! Annabel, mi dispiace tremendamente, ma com'è successo?"

"Un infarto, così, all'improvviso senza che avesse mai avuto problemi prima" disse la ragazza con un tono talmente freddo da lasciare Stefano sconcertato.

Si guardarono intensamente negli occhi, probabilmente alla ricerca di quei bagliori di un amore ormai perso nelle pieghe del tempo. Lei ricominciò con l'intenzione di raccontargli cosa accadde poco dopo il loro secondo incontro.

"Quel giorno non lo dimenticherò mai" iniziò Annabel, "mai!"

"Anche per me è così. Ma credimi, è stato tremendo non poterti più vedere, né sentire. Non sapevo come stavi, non potevo confortarti. Hai tagliato ogni legame, mi sono sentito morire. Quello è stato il periodo peggiore della mia vita. La disillusione dopo il sogno, proprio come il muro di Berlino. Si fantasticava tanto su quanto la nostra società sarebbe stata matura e consapevole per risolvere ogni conflitto, invece tutto è continuato sempre come prima, anzi peggio" disse Stefano indicando uno schermo al plasma con le immagini del World Trade Center.

La ragazza aveva lo sguardo abbassato, dentro di sé era conscia che la disperazione e la rabbia del ragazzo erano giustificate, poi con un bagliore di luce negli occhi rispose, "Credimi, avrei tanto voluto tenere i contatti, ma non ho potuto. Però adesso voglio dirti che finalm...” ma fu interrotta da Stefano: “A fine mese mi sposo.”

La frase cadde sulla loro conversazione come un macigno. L’espressione di Annabel mutò improvvisamente, facendosi cupa e rassegnata. Quindi il ragazzo proseguì: “Con una ragazza che ho conosciuto cinque anni fa, si chiama Beatrice. Lei mi ama, e anche io la amo. Tantissimo.” La giovane Spencer aveva la netta impressione che lo dicesse più per convincere sé stesso che non altro.

Stefano parlava nervosamente, interponendo lunghe pause tra una frase e l’altra, mentre Annabel lo ascoltava evidentemente scossa, poi proseguì come un fiume in piena: “Cosa dovevo fare? Dovevo forse stare ad aspettare che arrivasse questo giorno, senza sapere se sarebbe mai arrivato eh? Sapessi per quanti anni l’ho fatto, però poi ho capito che la cosa migliore era guardare avanti e ricominciare, cercare in qualcun altro ciò che tu mi avevi dato solo l’illusione di poter vivere.”

Stefano si sentiva forte nei confronti di Annabel, e anche molto risentito. La ragazza però lo spiazzò: “Ho una figlia, Claire. Ha già nove anni, quasi dieci.” Il giovane rimase con la bocca serrata cercando di non tradire alcuna emozione.

Una figlia, con un altro. Come aveva potuto; se la bimba aveva quasi dieci anni doveva averla concepita poco più di un anno dopo la loro separazione. Stefano non riusciva a crederci, improvvisamente gli balenarono in mente quei momenti, quei due incontri magici di tanti anni prima, di tante vite prima. Non gli pareva vero.

“Quindi sei sposata” disse lui distendendosi lungo lo schienale mostrando un finto distacco.

“Aveva quasi vent’anni più di me; non ha funzionato” rispose lei.

‘Incredibile, quasi vent’anni in più?’ pensò Stefano. Non si capacitava di come la sua Annabel avesse potuto fare una cosa del genere. Già, la ‘sua’ Annabel. Continuava a pensarla e a desiderarla. Non voleva ammetterlo a sé stesso, ma era la verità. Lo spettro di sentimenti provati per quella donna era incredibilmente ampio: amore, rabbia, rancore, delusione, gelosia, pietà, desiderio, amarezza. In pochi istanti questi si susseguivano e si mescolavano nella testa del giovane rischiando, a suo giudizio, di farlo apparire fin troppo contraddittorio. Lui sapeva bene cosa voleva!

Oppure no?

Un altro aereo in quel momento colpì il secondo grattacielo. Urla soffocate di terrore e concitati bisbigli riempirono l'enorme spazio del terminal. Per qualche minuto anche i due ragazzi furono catturati da quell'orrore. Ci fu il silenzio. Lo sgomento.

"Non ha senso tutto questo" disse sommessamente scuotendo la testa Stefano.

Già! Nulla in quel maledetto giorno aveva un senso, né il loro incontro né tantomeno quel terribile attentato.

"Stefano, mi dispiace, non avrei dovuto" riprese la ragazza con la voce rotta dalla commozione, "addio, vi auguro una vita di felicità" disse Annabel accarezzandogli il viso, "sii felice anche per me." Poi scoppiò a piangere e si allontanò velocemente dal tavolo.

Stefano aveva la certezza che quello sarebbe stato uno dei giorni peggiori della sua vita, non tanto per la concomitanza di un terribile attentato con la sua vicenda personale. Il vero problema era che ormai si stava rendendo conto che tutta la sua vita, e ancor di più gli ultimi cinque anni, erano stati una sorta di commedia, vissuta mentendo a sé stesso e a tutto il mondo sulla vera natura dei suoi sentimenti, delle sue aspirazioni e dei suoi sogni. Si sentiva la terra franare sotto i piedi. Mentre il suo unico vero amore si allontanava correndo verso un'altra vita, lui se ne restò atterrito seduto al tavolino.

Annabel stava avvicinandosi al gate d'imbarco in lacrime. Era andato tutto diversamente da come aveva sperato, la realtà era stata atroce, anche se in fondo l'aveva messo in conto. Il passato ormai era morto e sepolto e l'innocenza aveva lasciato posto all'amarezza e alla consapevolezza che anche le emozioni ritenute le più belle e le più magiche, in questo mondo, dovevano giocoforza scontrarsi con la fredda e asettica oggettività delle cose.

La corsa della ragazza continuava, fiaccata dalla disperazione e dall'amarezza. Improvvisamente sentì il soprabito tirarle violentemente: si doveva essere impigliata a qualcosa. Sorpresa e disorientata si voltò; Stefano la stava cingendo.

"Annabel!" urlò il giovane, lei lo fissò incredula. "Annabel, ti amo. E' stato e sarà sempre così" disse il ragazzo con gli occhi gonfi di lacrime "e anche se le nostre vite si sono separate, ti porto sempre nel mio cuore. Sapessi in quanti momenti di sconforto ripensavo a te, a quando ci siamo conosciuti e a quando ci siamo amati. Non è passato giorno senza che ti pensassi, anche nelle giornate più felici, la sera, prima di coricarmi, riservavo sempre un pensiero per te, chiedendomi come potessi stare e dove fossi."

La disperazione pervadeva gli sguardi di entrambi.

"Ma perché scomparisti, perché non mi desti la possibilità di starti vicino?" chiese avvilito Stefano. Lei lo guardava con occhi spalancati e la bocca pronta a dire chissà che cosa, avrebbe voluto dirgli 'chissà cosa', ma l'unica azione che i due riuscirono a compiere fu scambiarsi un ultimo, straziante e amarissimo bacio.

Il sapore salato delle lacrime si era mischiato alla loro saliva, dando al bacio una desolante bellezza e tragicità. Separandosi sentirono entrambi l'impulso irrefrenabile di dare a quel bacio una continuazione. Stettero con le bocche angosciosamente unite, ansimando e singhiozzando, poi arrivò il momento dell'addio.

Si fissarono in silenzio un'ultima volta, poi Annabel proruppe: "Mio padre mi violentava! Quel porco di mio padre!" Poi si girò e scappò via oltre il gate d'imbarco.

Stefano rimase impietrito, fermo, senza forze. In balia degli eventi, proprio come quei grattacieli feriti ed in attesa solo di un unico, ineludibile destino: crollare.

La prima delle Twin Towers implose e così fecero anche Stefano e Annabel. Quel giorno era iniziata una nuova fase della loro vita, era andata così, nonostante nessuno di loro lo desiderasse.

Il ritorno a Milano il ragazzo lo fece nel silenzio più assoluto, con l'espressione terrea in volto e la consapevolezza di non avere certezze. Mancavano poco più di due settimane al matrimonio, ma da quel pomeriggio qualcosa si era rotto e le nozze gli sembrarono più l'atto iniziale di una pratica da dover assolvere che non il coronamento di un amore.

Annabel era in volo verso Londra, con la testa perduta nei ricordi e nella magia di Bordonchio. Fino a poche ore prima aveva tenacemente creduto che non tutto fosse perduto e che quella promessa fatta a Stefano 'Allora, avremo due figli, ok?' potesse avere un senso. In tutti quegli anni aveva portato in sé un peso tremendo. Non aveva mai voluto che Stefano soffrisse standole accanto e quel pensiero, paradossalmente, era stato ciò che le aveva dato la forza per andare avanti senza l'uomo della sua vita. In quel momento invece desiderava solo che anche quell'aereo si conficcasse dentro un grattacielo.

In quegli attimi cedette anche la seconda torre gemella e sprofondò in una nuvola di fumo. Non rimase più niente.

øøø

Altri nove anni passarono da quel giorno, tra sogni traditi e continue frustrazioni. Ormai i quarant'anni non erano più un traguardo lontano e Stefano si sentiva vecchio e stanco. Ma soprattutto era solo.

L'uomo era perfettamente consapevole di essersi creato quel destino, l'ultimo incontro con Annabel l'aveva evidentemente segnato. Il matrimonio con Beatrice non era mai decollato, soprattutto perché lui non era stato in grado di donare amore alla moglie e ben presto la donna si adeguò all'aridità dei sentimenti che riceveva. Da quell'unione non nacque alcun figlio, anche perché ben presto pure l'aspetto fisico della loro relazione aveva subito un drastico rallentamento, sia dal punto di vista 'carnale' che 'emotivo': ben presto erano diventati due estranei.

Aver trovato la moglie a letto con un altro fu per Stefano uno shock, ma l'uomo si era presto reso conto che avrebbe dovuto biasimare sé stesso ancora prima dell'infedeltà della donna. Quel tradimento (o tradimenti che fossero) era solo stato il logico epilogo in un contesto di sconfortante apatia tra i due sposi.

Il vero problema era Annabel: non l'aveva mai dimenticata, non aveva mai accettato il fatto di non poter stare con lei, ma ancora di più di non averla potuta difendere in tutti quegli anni in cui aveva subito le violenze dal padre.

Quello che nel 2001 sembrava un uomo sulla rampa di lancio, nel 2010 pareva invece un'ombra. In quei nove anni si era imbolsito, non troppo ma nemmeno troppo poco. Per di più la causa di divorzio l'aveva profondamente segnato nello spirito tanto che negli ultimi due mesi Stefano si era fatto raramente vedere fuori di casa e la sua vita consisteva solo nell'attività lavorativa, in qualche sparuta visita al supermarket e tante ordinazioni al ristorante giapponese sotto casa.

Guidando verso Bordonchio ripensò alla sua vita, al grande bluff che lui era stato verso chi l'aveva amato, ma anche verso sé stesso.

Pochi giorni prima aveva ricevuto un messaggio su Facebook da parte di suo cugino Gianni, il figlio maggiore di Walter. In quell'ultimo periodo il social network era diventato il suo unico passatempo, e i rapporti con il prossimo erano stati quasi esclusivamente limitati a quell'aggeggio.

*"Lunedì 31 danno Italia-Germania del 1982. Parlavo con papà e ci è venuto in mente di fare un revival di quella notte, dimmi che verrai!"* recitava il messaggio.

Stefano aveva sorriso amaramente. Quanto avrebbe voluto avere il coraggio di rispondere di sì, magari chiedendo tra una riga e l'altra se anche quell'inglesina parente di quelle vicine di casa... poi aveva abbandonato l'idea e risposto con un telegrafico:

*"Non credo, non posso."*

Ma il destino aveva un altro disegno, un nuovo messaggio era arrivato subito dopo il rifiuto.

*"Papà sta morendo, ti prego, ci tiene veramente."*

Stava morendo? Stefano era restato senza fiato e aveva deglutito un paio di volte prima di riprendere a respirare.

*"Proverò ad esserci, farò il possibile."* aveva risposto prima di spegnere il PC.

Ma la verità era che non ne aveva proprio voglia. Sarebbe stato solo il pretesto per un altro viaggio a ritroso nel tempo, nel ricordo di emozioni mai sopite e alla ricerca di antiche sensazioni che pur con tutta la loro bellezza e la loro purezza erano restate spietatamente intrappolate nelle sabbie mobili del passato. Troppo doloroso anche per un cuore più duro della pietra.

Giunto all'altezza di Imola scoppiò a piangere e mentre piangeva non era capace di realizzarne l'esatto motivo: sicuramente c'era il dispiacere per suo zio, ma anche la rassegnazione e la rabbia per il fallimento del suo matrimonio con Beatrice e poi, latente, il rammarico per quel sentiero mai intrapreso con Annabel. Pensò ai propri genitori, nel 1982 avevano giusto un paio d'anni in più della sua età corrente e quel pensiero lo faceva sentire perso ed inadeguato, lui non aveva niente, lui non era niente.

Nel frattempo a non molti chilometri di distanza Claire sorrideva a sua madre e guardandola con aria sognante le disse: "Finalmente, non vedo l'ora!" Annabel l'abbracciò e le diede un bacio sulla guancia. La ragazza salì al piano di sopra e la donna non poté fare a meno di constatare quanto le somigliasse; quando aveva la sua età era praticamente uguale a lei, solo gli occhi non erano quelli della mamma.

Erano ormai otto anni che Annabel e Claire si erano trasferite in Italia. Avevano ereditato una casa a Montescudo, lascito di una delle due zie. In tutto quel periodo la donna aveva seguito le vicende di Stefano da lontano e senza mai farsi vedere o sentire da lui. Qualche domanda ai parenti, qualche ricerca online; quello che bastava per sapere che stesse bene e poco più. Sapeva che lavorava per un'azienda di servizi a Milano, conosceva dunque anche la sua e-mail di lavoro, ma non l'aveva mai contattato. O meglio, mai contattato a parte quella volta all'aeroporto di Roma nove anni prima, quando appositamente aveva preso un volo da Londra per 'intercettarlo' ad un convegno ampiamente pubblicizzato sul sito internet dell'azienda stessa. Stefano in quella due giorni di dibattiti aveva avuto un piccolo ruolo di relatore in merito alla visione dell'organizzazione aziendale secondo l'approccio della piramide rovesciata. Dopo quell'esperienza traumatica Annabel, una volta giunta in Italia, si era ripromessa di non cadere più in quell'errore e di non cercare mai più il contatto con lui. Invece, del tutto inaspettatamente era arrivato il momento di riprovarci e lei volle farlo.

Bordonchio era sempre la stessa: la solita vecchia chiesa, le consuete case di inizio '900, o magari anche di fine diciannovesimo secolo, le stesse aiuole, tutto come un tempo. Si era aggiunta qualche nuova villetta, discretamente lontana dalla piazzetta del paese, in qualche strada interna e poco visibile dalla via principale. Erano passati 21 anni dall'ultima volta che ci era stato, ma per certi versi potevano sembrare mesi, se non giorni.

Stefano imboccò il vialetto e andò incontro ad una serata che, si era augurato, sarebbe finita quanto prima. Parcheggiò l'automobile. Questa volta nessuna macchina aveva il volante a destra. 'Lascia perdere' si disse l'uomo scendendo dall'auto, poi spaziò con lo sguardo verso l'orizzonte. Osservava quello stesso cielo che aveva assistito alla nascita di quella tenera pianta che le intemperie della vita avevano sradicato senza pietà. Provò un senso di vuoto insopportabile, non avrebbe mai creduto a suo tempo che quel paio di incontri avrebbero potuto segnarlo per l'intera esistenza, ma, ormai alla soglia dei quarant'anni, aveva accettato quell'idea come una triste ammissione di debolezza, se non di dipendenza.

Si diresse verso la parte anteriore della casa e vide il tavolone fuori in giardino, proprio come nel 1982. Si avvicinò alla porta d'ingresso semichiusa (che in quelle vecchie case di campagna dava direttamente sull'ampia cucina) e disse "Toc toc!"

"Avanti" disse una voce femminile, era Romina, la secondogenita di Walter, ormai anche lei doveva avere quasi quarant'anni, ma li portava decisamente bene. Stefano spalancò titubante la porta e fece capolino tra i presenti. I suoi occhi andarono in cerca di una persona specifica in quella stanza, e anche se lui non voleva ammetterlo, non averla vista l'aveva un po' demoralizzato.

I saluti furono calorosi quanto rapidi; ognuno infatti aveva dei precisi compiti e in quella casa non c'era mai troppo tempo per i convenevoli quando si preparava una cena. Il taylorismo lì trovava un irresistibile e stravagante connubio con l'atmosfera familiare e la carica di umanità del contesto.

Gianni, che ormai era il capofamiglia, si avvicinò rapidamente a Stefano e prendendolo da parte gli sussurrò: "Papà è di sopra, scende fra non molto, però ci mancano alcune sedie, potresti andarle a prendere tu? Stanno in un piccolo capanno che tanti anni fa usavo come sala-studio quando andavo all'università." Poi accompagnandolo nel cortile gli indicò: "Vedi quel grosso platano laggiù? Il capanno è lì vicino, da qui non si vede perché è in un lieve avvallamento, ok? Prendi quattro sedie, sono di quelle pieghevoli non sono pesanti da portare." Stefano non batté ciglio e acconsentì con gentilezza alla richiesta di Gianni.

Il platano, il capanno... ma perché pareva che ogni ricordo volesse attaccarsi a lui in maniera così insistente e dolorosa? L'uomo s'incamminò sotto lo sguardo del cugino, dal mare una soave brezza si stava timidamente portando nell'entroterra, dando la consueta impressione di trovarsi a poche decine di metri dalla costa.

Camminando verso la piccola baracca l'uomo non poté fare a meno di ricordare quei momenti. Per qualche istante si fermò. Ripercorrere quello stesso sentiero gli aveva riportato alla mente dettagli dimenticati, di quel primo pomeriggio in cui si conobbero. Il vestito di lei, il nastro per i capelli... erano tutti particolari che nel corso dei mesi seguenti si erano diluiti nell'oblio lasciando ai ricordi le emozioni più forti. In quegli attimi però le emozioni stavano diventando davvero troppo forti per Stefano. L'uomo lottò contro l'incontrollata voglia di piangere e riprese a camminare verso il platano, poi, improvvisamente si fermò.

Non poteva essere vero.

Lei era là, sotto l'albero, i suoi capelli castani, lisci. Nella sua mente i ricordi dell'82 e dell'89 iniziarono a mescolarsi in un turbinio di incongruenze. Lui se la ricordava proprio lì, ragazza come durante il loro secondo incontro, con i capelli baciati dal sole. Ma quel giorno aveva piovuto. Stefano in quel frangente non riusciva a capire quanto di quello che ricordasse fosse successo e quanto fosse stato solo desiderio. Stava forse vivendo ricordi di una vita mai vissuta?

Ma la domanda fondamentale era: 'Laggiù c'è una persona: è Annabel?'

Stefano si avvicinò con fare circospetto, ma passo dopo passo stava prendendo la consapevolezza che il tutto non fosse frutto della sua immaginazione, ai piedi di quel platano c'era Annabel! Affrettò leggermente il passo e poté per la prima volta vederle nitidamente il profilo, era a non più di trenta metri. Era lei. Ma come poteva essere lei? Sembrava addirittura più giovane di quando l'aveva vista l'ultima volta. Il contrasto tra le speranze dell'uomo ed il suo razionale timore trovavano un curioso parallelo nei ricordi del passato: quella ragazza era così più giovane di Annabel come lo erano quelle spighe di grano, ancora verdi e non pronte per essere raccolte. Il momento non era quello giusto, il posto non era quello giusto, poi all'uomo balenò l'essenza del suo tormento: forse era lui quello non giusto.

Dopo aver compiuto pochi ulteriori passi Stefano era ormai arrivato nei pressi del grande platano e avvicinandosi alla ragazza le chiese: "Annabel?"

"Non mi chiamo Annabel" rispose la ragazza guardandolo intensamente negli occhi.

L'uomo non capiva bene cosa stesse succedendo, ma ora che aveva quella ragazza davanti a sé provava sentimenti molto contrastanti. Era certamente ammaliato dalla bellezza della giovane e allibito dalla sua somiglianza con Annabel, ma anche sconcertato nel cogliere in lei una consapevolezza di chi fosse il proprio interlocutore che invece lui non aveva affatto.

La giovane continuò a fissare Stefano, lo sguardo di lui era attonito, lei pareva invece che giocasse al gatto col topo, poi, molto gentilmente gli disse "Mi chiamo Claire." L'uomo, dopo un istante di smarrimento, ebbe tutto chiaro, ma ancora prima che lui potesse aprire bocca lei proseguì: "Tu devi essere Stefano, mamma mi ha parlato tanto di te, mi sembra di conoscerti da una vita."

"Io invece di te non so niente, se non che sei la figlia di Annabel. E che le somigli moltissimo" replicò l'uomo.

"Sì, è vero. Quello che ognuno sa dell'altro è, diciamo, un po' squilibrato. Mamma è in quel piccolo capanno, ti aspetta" gli disse Claire sorridendo.

Stefano assentì e si congedò ringraziando Claire. Mentre compiva i pochi passi che lo separavano dal capanno si voltò un paio di volte a guardare la ragazza. Iniziava a pensare di essere stato oggetto di un raggiro e la cosa pur urtandolo, lo gratificava, visto chi ne era l'artefice. 'Annabel, mi hai sempre pensato in questi anni. Ma perché proprio adesso tutto questo?' pensava l'uomo mentre apriva la porta del capanno.

Appena la figura di Annabel comparve di fronte a lui, Stefano ebbe un momento di indecisione: non sapeva cosa dire, era come uno di quei giocatori di cinque birilli indecisi se giocare uno sfaccio o una candela. Nel cuore di lui era da tanto tempo che sentimenti positivi non trovavano dimora e poter correre verso l'unica donna che avesse mai amato era molto più difficile che non pensare a come si sarebbe chiuso questo loro quarto incontro.

"Scusami Stefano, lo so che mi odierai, ma sono stata io a far sì che tu venissi qua. Gianni si è prestato a farmi usare il suo profilo di Facebook per contattarti. E, per la cronaca, lo zio Walter sta benissimo."

Stefano arrivò di fronte ad Annabel, ad appena un passo da lei. La guardò indeciso se odiarla o amarla. Potevano quei due incontri idilliaci e magici compensare le amarezze che seguirono negli anni a venire?

Potevano compensare un matrimonio buttato alle ortiche e un'esistenza trascorsa sempre nel passato invece che nel presente? La logica diceva di no. Però Stefano e Annabel non erano logica, erano amore profondo, senso di appartenenza, un connubio unico che non poteva essere spiegato a terzi senza rischiare di apparire indecorosamente melodrammatico e tragico.

"Come potrei odiarti" disse l'uomo accarezzandola, "non mi potrò mai scordare il nostro ultimo incontro. Fu così triste dover venire a sapere una cosa del genere, vederti piangere, e dover accettare il fatto di non aver potuto esserci quando più avevi bisogno di me. In questi anni la cosa che più mi ha ferito è stato proprio il fatto di doverti lasciar andar via nella consapevolezza di non poterti stare vicino, in un momento in cui invece avrei dovuto e voluto solo stare accanto a te."

"E' passata, amore, è finita" rispose lei abbracciandolo.

L'abbraccio durò un paio di minuti in cui nessuno dei due parlò. "Ora posso raccontarti tutto Stefano" riprese lei "so che il tuo matrimonio è finito male, e credimi, mi dispiace. Mi dispiace perché so la sofferenza che puoi aver provato. Capitò anche a me col mio ex-marito; pur sapendo che il sentimento che nutrivo per lui non era nulla di paragonabile a ciò che c'era tra noi due, ci avevo creduto seriamente, con tutte le mie forze avevo cercato di dare a Claire un padre che potesse crescerla con amore, ma non bastò, tu non sparivi dal mio cuore."

Stefano ascoltava attentamente, poi chiese, "Perché dici dare un padre a Claire? Non era figlia di tuo marito?" Annabel lo guardò emozionata, non rispose.

In quel momento nell'uomo balenò un'intuizione: "Santo cielo, era di tuo padre! Annabel, no!" esclamò con la morte nel cuore Stefano.

La donna pianse e cominciò a singhiozzare senza controllo, abbracciava forte il suo Stefano senza dire una parola, lui non sapeva cosa dire. Lei lo guardò con le lacrime che le rigavano il viso e si allontanò da lui dirigendosi verso la porta.

‘La fine, un’altra volta?’ si domandò Stefano.

Annabel aprì l’ingresso e chiamò Claire. In pochi istanti la ragazza giunse all’entrata del capanno. Stefano non capiva, ma stava iniziando a sospettare che nell’aria ci fosse qualcosa di strano. Le due donne si avvicinarono verso di lui.

Dalla porta giungeva una brezza marina, figlia di quella stessa aria che li vide bambini camminare insieme e conoscersi ascoltandosi il battito del cuore. Sorella gentile di quel vento pungente e fastidioso che con la pioggia li aveva spinti a rifugiarsi in quello stesso capanno oltre vent’anni prima. L’annuncio portato da quegli antichi messaggeri stava per essere rivelato.

“Non ti dicono nulla i suoi occhi?” chiese la donna a Stefano, indicando Claire.

L’uomo si avvicinò alla ragazza e la scrutò intensamente, poi improvvisamente la risposta giunse al suo cuore. Gli tremò il mento, non riuscì a contenere l’emozione. Si era appena specchiato nei suoi stessi occhi. Abbracciò la ragazza piangendo come un bambino e chiamò Annabel col braccio unendola a loro due in un unico grande abbraccio.

La ragione provò ancora a riportare Stefano sulla Terra, “Mi pareva di ricordare che non avesse un’età tale da essere… mia figlia” disse disorientato rivolgendosi ad Annabel. Era la prima volta che lui pronunciava quella frase: gli fece un effetto paurosamente inebriante.

“Dopo che mi raccontasti che ti stavi per sposare potevo forse darti una notizia del genere?” gli domandò retoricamente lei. Stefano non disse nulla, annuì con la testa e continuò a stringere le due donne; c’era così tanto tempo da recuperare. Non aveva idea di che cosa avrebbe fatto, di come avrebbe fatto, sapeva solo che si sarebbe impegnato al massimo per vivere la migliore vita possibile insieme all’unica donna che avesse mai amato.

Quando ormai il sole si apprestava a completare la sua parabola verso l’orizzonte, i tre tornarono lentamente verso la casa. Il tavolone, il televisore, la piada, i parenti, tanta allegria, ma soprattutto Annabel e Claire. Di lì a poco Stefano avrebbe passato un'altra serata indimenticabile, quella volta il destino non aveva agito da solo, tutti coloro che gli volevano bene avevano partecipato a quella bellissima messa in scena, Stefano era commosso. Può darsi che il tempo avesse cambiato le facce di chi c'era, ma nella mente di quel bambino dell'82 i volti in realtà non erano cambiati così tanto. Si era solo mossa la ruota di qualche grado, chi era figlio era diventato genitore, chi era genitore, nonno e chi era nonno o era passato a miglior vita o era stoicamente a girare la piada sul testo in terracotta. Ma soprattutto nuove persone si erano unite alla famiglia.

Quella sera lui e Annabel parlarono molto, lei gli raccontò degli abusi subiti per mano del padre e di come lui aveva iniziato a violentarla quando lei aveva da poco scoperto di essere incinta, gli parlò della morte della madre e del suo fortissimo sospetto che dietro ad essa ci fosse stato quel mostro. Le violenze fisiche erano state solo un aspetto della sua adolescenza: il peggio erano state le violenze psicologiche e le minacce di morte rivolte a lei e alla sua bimba non ancora nata se mai avesse provato a contattare lo sconosciuto padre della bambina. Lei aveva sempre protetto Stefano, in tutti quegli anni. C'era stato il matrimonio con il figlio del capo di suo padre, una brava persona, molto più vecchio di lei e pareva andare bene anche al genitore, ma quel rapporto non ebbe mai le basi solide per poter durare. Logicamente era arrivato l'inevitabile divorzio. Poi però quando tutto era parso superato con la morte del padre, lei si era trovata costretta ad accettare la scelta di vita di Stefano, ormai prossimo alle nozze.

Guardarono il cielo tenendosi la mano, senza dire niente, in quel momento furono consapevoli che il cerchio si era chiuso e un nuovo destino li attendeva. Le stelle splendevano in quella calda notte, spettatrici di una conclusione che in realtà era un nuovo inizio. Chissà in quegli istanti quante storie finivano e quante cominciavano sotto lo sguardo placido e silente del firmamento.

Mentre Nando Martellini urlava 'Campioni del mondo, campioni del mondo, campioni del mondo!!!' una stella cadente tranciò il cielo stellato lasciando una scia di fumo. Polvere di stelle.

"Esprimi un desiderio" disse Annabel a Stefano.
"Tutto quello che potrei desiderare ce l'ho già" rispose lui.

"Ti ricordi cosa ti promisi la notte del nostro primo incontro?" domandò lei.

Lui la guardò e sorrise, abbracciandola e continuando a fissare le stelle.

Quella, apparentemente non era una data storica, ma il loro micro-universo, così infinitamente piccolo rispetto all'intero firmamento, aveva avuto il suo Big Bang, tutto era in espansione, da lì in poi tutto sarebbe stato possibile grazie alla loro volontà al loro amore e alla loro voglia di sacrificarsi l'uno per l'altra. Iniziava una nuova vita; era il principio.

A circa settecento chilometri di distanza contemporaneamente un altro cerchio si chiudeva: l'acceleratore di particelle del CERN aveva riprodotto l'inizio della vita, l'inizio di tutto. L'infinitamente piccolo e l'infinitamente grande, in meno di un battito d'ali di farfalla tutto il perché dell'universo. Nessuno l'avrebbe saputo per un po' di tempo; il riserbo era stato strettissimo e ci sarebbero voluti mesi di calcoli e verifiche per confermare l'avvenuta riuscita dell'esperimento e capire la portata delle sue conseguenze.

Piccole e grandi storie, inizi e conclusioni, è il destino che ci porta a ballare questo valzer, le nostre vite, le nostre essenze, si librano sospese in uno scintillio imprevedibile di luci ed emozioni, pronte a stupirci con traiettorie sempre nuove e inaspettate, creando quel piccolo grande universo che ognuno di noi conserva nella sua mente, nella sua anima, nel suo cuore.

www.ingramcontent.com/pod-product-compliance
Ingram Content Group UK Ltd.
Pitfield, Milton Keynes, MK11 3LW, UK
UKHW012250240726
13966UKWH00004B/1362

9 781446 193761